「私、如月《きさらぎ》さんの想像以上にぽんこつさんなんですよ？」
JN172932
英国カノジョは
“らぶゆー”じゃなくてスキと言いたい

INDEX

She'd like to say not "I Love You" but "SUKI"

Presented by Kota Kaedehara / Hanagata

英国カノジョは“らぶゆー”じゃなくてスキと言いたい

楓原こうた

ファンタジア文庫

3110

口絵・本文イラスト　花ヶ田

スキ
英国カノジョは
“らぶゆー”じゃなくてスキと言いたい
She'd like to say not "I Love You" but "SUKI"

英国カノジョとのプロローグ

「違う、柊《ひいらぎ》。ここでは『Is』じゃなくて『Does』を使うんだ」

休日の昼下がり。1Kタイプの室内に、少し暖かい陽射《ひざ》しが射《さ》し込んでくる。

鮮やかな色彩がないインテリアが並ぶ室内は綺麗《きれい》に整頓がされており、教科書とノートが広げられているテーブルを挟んで二人が優に座れるほどのスペースが確保されていた。

「『Does』……ですか?」

俺の対面に座る少女がシャーペン片手に首を傾《かし》げる。

小さく揺れた艶《つや》やかな金髪が日の光に反射し、どこか輝いて見えた。

「聞いたことがありませんね」

「昨日、授業で習ったばかりだがな」

「き、聞いたことがありますっ!」

どっちなんだよ、と。小さく溜《た》め息が出てしまう。

おそらく、自分が聞き逃してしまったことを誤魔化そうとしたのだろうが……普通に手遅れなことに気がついてほしい。

「大丈夫だ、柊……俺はお前がお馬鹿さんなのをすでに知っている」

「お、お馬鹿さんじゃないですっ！」

「だから安心してくれ！」

「もうっ！　お馬鹿さんじゃないんですってば！」

赤くなった頬を膨らませ、不名誉だと言わんばかりに否定する少女。

小柄な体軀《たいく》と愛くるしい顔立ちのおかげか、まったく怖くない。むしろ可愛《かわい》く思えてしまう。

「よし、そこまで言うならこの問題を解いてみろ」

俺は思いつきの英文問題をノートに書いて彼女に見せる。
Q. 次の英文に対して答えなさい
『Which way should I go to get to the station?（駅に行くにはどっちに行けばいいですか？）』

「…………Go home（家に帰れ）？」

「鬼か」

駅の道を尋ねられてるのに、「家へ帰れ」って……可哀想《かわいそう》すぎるだろ。

お前は、見ず知らずの人に対して大人しく家に帰らせようとすんのか？　案内ぐらいしてやれよ。

「その反応は……正解なんですねっ！」

「間違ってんだよ」

どう解釈をすれば、俺の反応から正解だと思えるのかが不思議で仕方ない。

「あぅ……」

しょんぼりとする少女を見て、小さく溜め息を吐《つ》く。

「まったく……今更見栄《みえ》を張らんでもいいだろうに。できねぇことは分かってんだからさ」

「わ、私だって見栄を張りたい時だってあるんですっ！」

「こうして教わってる時点で、張りたい見栄も効力を失うがな」

それはそうですけど、と。少し愚痴を零《こぼ》しながらも、彼女は再びノートにペンを走らせた。

こう言っているが、分からないのは単に勉強の仕方が悪いだけなんだと思う。

事実、こうして休日返上して勉強をしようって言い出すぐらいには意欲はあるのだから。

(しかしまぁ……ほんと、見た目からは英語ができないなんて想像がつかねぇわ)

黄金のように煌《きら》めく金髪、宝石のように美しい碧眼《へきがん》。透き通った白い肌は、日本人とはどこか違うように見える。

彼女の素性を知らなければ、来日した外国人だと思ってしまうような容姿だ。

さらに、普段のお淑《しと》やかな雰囲気を見れば『何でもそつなくこなす才色兼備』な女の子だと思ってしまう。

(蓋を開けてみれば、英語ができない無邪気な女の子……か)

母方がイギリス人なだけの女の子であれば、英語ができないというのも頷《うなず》ける。

こうして、日本語で普通に会話しているし、違和感も何もない。

まぁ、それはそれ。この前の点数は酷《ひど》かったから、日本育ちでも頑張ってほしいところだ。

「むっ……如月《きさらぎ》さんが失礼なことを考えている気がします」

「失礼な。柊は可愛いなって思ってただけだ」

「ふにゃっ⁉」

彼女は顔を真っ赤にして、照れた表情を見せ始める。

……こういう姿を見せるから可愛いと思うんだよなぁ。

「も、もうっ！　お茶取ってきます！」

「おう」

「如月さんの分も持ってきます！」

「怒りながら言うセリフじゃないけどありがとう」

照れを隠すように早足でキッチンに向かうと、彼女は冷蔵庫からお茶を出し、慣れた様子で棚を開けて色違いの二つのコップを取り出した。

そんな彼女の姿を見て思う――

（あいつが俺の部屋にいるのにも慣れちゃったなぁ）

少し前だと考えられなかったことだ。

あの時関わりを作らなければ、きっと彼女も俺の部屋に入り浸ることもなかっただろう。

一章　我がクラスの聖女様

高校に入学してはや一か月。

初めての環境にもたいぶ慣れてきて、クラスでも何人かの友達ができた。

緊張とドキドキを胸に抱きながら歩いていた校門は難なく潜《くぐ》り抜けることができ、重く感じた教室の扉は今では軽いものだ。

そんな俺——如月《きさらぎ》真中《まなか》は慣れ始めた教室に入ると、とりあえず——妬ましさが湧き上がった。

「ふふっ、颯太《そうた》はやっぱりやさしいな～♡」

「そんなことないよ」

我が親友がセミロングの茶髪に整った顔、そして、きめ細やかで透き通った肌の美少女を膝に乗せて、ピンク色の雰囲気を醸《かも》し出している光景。

『他人の不幸は蜜の味』というが、それの対義語があれば『他人の幸せは毒の味』ではないだろうか？

その証拠に、絶賛俺の心は酷《ひど》く濁り始めているような気がする。

「ねぇ、今日も一緒に帰れる？」

「うん、もちろんだよ。また今日も一緒に手を繋《つな》いで帰ろう」

「やった♪」

俺はあいつらを見てどう思うのか？

羨ましい？　妬ましい？　恨めしい？

――いや、違うな。

「悪霊《あくりょう》退散！」

全てである。

誰の得でこんな光景を朝っぱらから見せつけられなきゃならん⁉

俺達は甘い砂糖に吐血寸前なんだ！　非リア充にとってリア充は外敵以外の何ものでもない！　さぁ、今こそ塩を撒《ま》いて追い払うんだ！　あの憎きリア充を！

俺は懐《ふところ》から取り出した塩を二人めがけて投げようとする。

すると、先程まで親友とイチャイチャしていたセミロングの少女が俺のところまでやってきて――

「やめなさいよ！」

思いっきり殴られました。

◆◆◆

「おはよう真中」

「あぁ、おはよう」

俺は腫れた頬をさすりながら自分の席に座る。

すると、中学時代からの友達である桜木《さくらぎ》颯太に挨拶をされた。

茶髪の爽やかイケメン。颯太には、吐き気をもよおすほどそんな言葉がドンピシャで当てはまる。

妬ましいくらいの整った顔立ちに、嘘《うそ》くさい優しい性格。詐欺かかっている運動神経も合わさって、入学して間もないというのに学校中の女子からの人気は高い。

しかし、そんな颯太は入学してからまだ一度も告白されたことがない。

――それは何故《なぜ》か？

「まったく……朝っぱらから馬鹿なことしないでよね」

颯太には愛《いと》しの彼女が既に存在しているからだ。

颯太の席の隣で一人溜め息をついているセミロングの美少女こそ、颯太の愛しの彼女。名を藤堂《とうどう》深雪《みゆき》という。

「いや、逆にあんなイチャイチャを朝から見せつけた挙句に、頰に重たい一発を食らわせたお前の方が馬鹿だと思うが？」

「何よ？　私達がどこで何しようが勝手じゃない？」

暴君極まれりである。

「ダメだよ、殴ったのは流石《さすが》によくないと思うんだ」

「ごめんね颯太♪」

颯太が注意すると、先程のきつい口調から一変、優しい声で藤堂は謝った。

この俺との温度差……思わず涙が出てしまうよ。

「……はぁ、お前らがイチャイチャするのは構わないが、せめて場所を考えてくれ。そうでないと俺の嫉妬が限界値に達しそうだ」

「分かったよ」

そう言って、颯太は藤堂の頭を撫《な》でながら首肯する。

何が分かったなのか？　現在進行形でイチャついているじゃねぇかこんちくしょう。

「そんなに羨ましいなら、あんたも彼女作ればいいじゃない」

「簡単に言ってくれるなお前は」

そんな簡単に彼女ができたら世の中の男子はリア充を嫉妬の目で睨《にら》んじゃいねぇよ。

頭沸いてんのかこのリア充は？

「でも、真中だったらすぐに彼女できそうだけどね」

「そうよ、あんた無駄にハイスペックなんだから、その気になれば彼女の十人や二十人作れるわよ」

「多すぎるわ」

そんなに彼女作ったら、あまりにも俺は節操なしじゃないか。っていうか作れねぇよ。

「いや……そうは言うが、あまり彼女を作りたいと思わなくてな」

「それなのに、僕達に塩を撒いていたんだね……」

「それとこれとは話が別だ」

彼女を作る気がなくても、親友が幸せそうにイチャイチャしているのを見ると吐き気がするんだ。

「ふぅーん……あんた、まだ忘れられないの？」

藤堂が俺を見て少し鼻を鳴らす。

「忘れられない――そうだな、俺はまだ忘れられないし、捨てられないんだよなぁ」

俺は背もたれに寄りかかりながら天井を見る。

忘れられないあの感情。

始めて抱いたあの気持ち。

俺は一年経《た》った今でも捨てきれないでいる。

「でも、初恋を追っかけてたらいつまで経っても彼女はできないよ？」

「……それは分かっているんだけどなぁ」

本当は初恋なんて忘れた方がいいのかもしれない。

叶《かな》う初恋ならまだしも、未《いま》だに彼女は付き合っているらしく、この初恋は叶いっこない。

だからこそ、こんな初恋は忘れ、新しい恋に向かっていった方がいいに決まっている。

けど――

「はぁ……要はあんたの初恋を忘れることができればいいわけね」

藤堂は小さく溜め息をつきながら、おもむろにロッカーの中から金属バットを持ってきて――

「待て待て待て、お前は俺に何をするつもりだ？」

「え？　死ぬほど殴れば忘れるかなって？」

「初恋どころか記憶までなくなるわ」

何てことを考えるんだこの子は？　考えが猟奇的すぎない？

颯太の教育はどうなっているのか。荒療治にもほどがあると思うのと同時に、どうして

今を生きる女子高生のロッカーの中に金属バットが眠っているのか疑問に思ってしまう。

「けど、どうしても私はあんたに彼女を作ってほしいのよ……」

「そりゃまたどうして？」

藤堂は、取り出した鈍器を机の中に戻し、少し恥ずかしそうに呟《つぶや》いた。

「あんたには感謝しているから……ちゃんと幸せになってほしいのよ」

「……さいですか」

俺はその言葉に嬉《うれ》しく思いながらも、心のどこかでそれはできないのではないかと思っていた。

一度この気持ちを知ってしまったら、他の女の子と話していてもあの時以上の胸の高鳴りは感じられず、どこか虚《むな》しく感じてしまう。

あの時以上の胸の高鳴りを作ってくれる出会いが、この先果たして訪れるのだろうか？

「難しいもんだねぇ……」

俺は天井を仰ぎ見ながら、他人事《ひとごと》のように呟いた。

◆◆◆

「皆さん、おはようございます」

俺達がそんなことを話していると、不意に教室のドアが開かれ一人の少女が入ってきた。

「ステラちゃんおはよう！」

「ええ、おはようございます」

その少女は微笑《ほほえ》みながらクラスの女子に挨拶を返すと、綺麗《きれい》な金髪を靡《なび》かせながら己の席に座る。

するとあっという間に彼女に席には複数の人だかりができてしまった。

「おはよう柊《ひいらぎ》さん！」

「ステラちゃん、シャンプー変えた？」

「流石は聖女様……今日もかわいいよぉ……」

その人だかりは男女問わず。我先に話かけんとする人たちで溢《あふ》れかえっている。

……最後に喋《しゃべ》ったやつ、気持ち悪いが嫌われないか？

「ははっ、相変わらずすごい人気だね『聖女様』は」

「ほんとにねぇ〜。あの子が朝登校してくると、いつもあんな感じになっちゃうわよね」

二人はその人だかりの光景を見て言葉が漏れる。

……確かに、あの光景はいつ見ても凄《すご》いよなぁ。

「ふふっ、皆さんありがとうございます」

人だかりの中心で、小さく微笑む金髪の美少女。

彼女の名前は柊ステラ。

腰まであるサラリとした金髪に碧色《あおいろ》の瞳。小柄な体系と、その愛くるしい顔は幼さを感じさせ、そのお淑《しと》やかさと誰にでも優しい性格でたちまちクラスだけでなく学校中の人気を集めてしまった。

噂《うわさ》によれば彼女は英国人と日本人との間に産まれた女の子らしい。それなら北欧系の容姿をしているのも頷《うなず》ける。故に、容姿が整っているという理由もあるが、別の側面でも目立ってしまうのだろう。

そして、ついたあだ名が『聖女様』。

聖女様に話しかけられた人は男女問わず、その包容力と温かさにたちまち虜《とりこ》になってしまったという。

入学して彼女に告白した連中は男女合わせて五十人は超えたらしい。

……………？？？

おい、女まで告白してるじゃねぇか。脳内でツッコミさせるんじゃないよ。

「確かに、何度見てもあいつは凄いよな」

俺もその光景を見て、言葉が漏れてしまう。

「あら？　初恋が忘れられないとか言っておいて、あんたもあの子のこと狙っているの？」

「まさか、話したことすらねぇよ」

俺は藤堂の言葉に肩をすくめる。

狙う？　馬鹿を言え。

入学して同じクラスになってから一度も話したことがないし、人だかりに入っていけないというのもあるのだが、彼女は高嶺《たかね》の花すぎて思わず委縮してしまうのだ。

それに――

「あいつはどこか気に食わないんだよなぁ」

「あら？　奇遇ね。私もそう思っているわ」

「お？　お前もそう思うか？」

「えぇ」

まさか、藤堂も同じ気持ちだったとは。

俺だけが抱いた違和感だと思っていたのに、共感できるやつがいるとは思わなかったな。

「あの子、私よりも可愛《かわい》くて気に食わないのよ」

嫉妬じゃねぇか。

「大丈夫だよ。深雪は一番可愛い。僕はそう思っているよ」

「……颯太（ポッ//／）」

こらこら、これ見よがしにイチャつくんじゃありません。

見つめ合って手を握りあっている光景を間近で見せつけられる俺の気持ちも考えてくれないか？　糖分過多で死んじゃうよ？

「ねぇ、今日帰りにカラオケ行かない？」

「いいね！　ステラちゃんも行こうよ！」

「申し訳ございません、今日は放課後予定がありまして……」

俺が砂糖大量投下されている間にも、聖女様の周りは会話で盛り上がっていた。

……二人と居るより、あっちに混ざったほうがよかったのかもしれねぇな。

◆◆◆

放課後。授業中に爆睡をかましていた俺に先生からスペシャルミッションを賜った。

『罰として、放課後に一人で教室の掃除をしておくように』

どちゃくそ、べらぼうめ。掃除は皆でやるって小学校の先生にちゃんと教わったのに、どうして高校の先生はそれが分からないのだろうか？

まったく……小学校からやり直して来てほしいものである。

更に言えば、睡魔という魔獣に襲われてしまった生徒に対する寛容さも身に着けて来てほしいものだ。

とりあえず、一人で教室を掃除するのも時間がかかるので颯太達に手伝ってほしいとお願いしたのだが――

『ごめん、手伝ってあげたいんだけど、今日はデートする約束なんだ』

と言って帰ってしまった。

ほんとリア充なんて滅びればいいのに。俺のせいだから口に出して文句は言えんけども。

……ねぇ、先生知ってます？　藤堂もちゃっかし寝てたんですよ？

そんなことを思いながら、俺は手を動かす。

ちりとりにゴミを集めると、俺はゴミ箱に捨てに行った。

「お、もういっぱいじゃねぇか」

しかし、捨てようと思ったのだが、ふたを開けるとゴミ袋の中はいっぱい。

別に塩ぐらい普通に入るのだが――

「……捨てに行くか」

このまま知らんぷりするのも少し気が引ける。

だから俺はゴミ箱から袋を取り出して口を縛り閉じると、それを持って教室を出た。

ゴミ捨て場は確か校舎裏にあったはずだ。

さっさと捨てて帰るために、俺は校舎裏に向かった。

◆◆◆

「ねぇねぇ、これから俺らと遊ばね？」

「いいじゃん、退屈はさせねぇから」

「は、離してくださいっ！」

夕日が沈みかけている中、重たいゴミ袋を持って校舎裏に着いた俺の耳に、何やら人の声が聞こえてきた。

「……まだ、誰か残ってんのか？」

校舎には誰も残っておらず、いるのは部活をしている人達だけのはず。

まだ、誰かが残っているとは思わなかったな。

俺は少しだけその声が気になって、声の方へと向かうことにした。

ゴミ置き場とは反対側の物陰から、その声は聞こえてくる。

俺は声が聞こえる元に着くと、ゆっくり物陰越しにその声のする方を覗《のぞ》いてみることにした。

「どうしてダメなの～？　こんなに誘ってるのに？」

「もしかして、俺らと話すのが嫌だから？　だったら傷ついちゃうね～」

すると、そこには二人の男子生徒と一人の少女がいた。

少女は酷《ひど》く怯《おび》えていて、男子生徒に腕をつかまれて逃げられないでいる様子だった。

「……なんて胸糞悪《むなくそわる》いもん見せるんだろうな」

俺は胸の中が気持ち悪くなるのを感じる。

おそらく、あの男子生徒は先輩で、強引に少女を遊びに誘おうとしているのだろう。

今時、こんなことをする男がいることに驚きもしたが、それよりも怯えている少女に見覚えあることが気になってしまった。

さらりとした金髪に聞いたことのある声、小柄な体を震えさせている少女――

「……柊じゃねぇか」

今、男達にからまれている少女が、なんと我がクラスの聖女様だったのだ。

どうして、ここにいるのか？　なんで男にからまれているのか？

そんな疑問が頭に浮かぶ。

けど、そんなことよりも彼女の目に涙が浮かんでいるのを見ると、俺は動かないといけないと思ってしまった。

今まで話したこともないし、関わったこともない。

ここで見て見ぬふりして立ち去ったほうが面倒くさくないのかもしれない。

けど——

「これはこれは我らが聖女様。どうやらお困りのようで」

俺は物陰から出てきて、男達に自分を主張するように声をかけた。

やっぱり、困っているのなら見過ごせないよな。

「あ？　なんだお前？」

ゴミ袋を置いて聖女様のところに向かうと、ガラの悪い男は俺が現れたことに気付いた。

もう一人の男も、聖女様の手は離さないものの、顔をこちらに向ける。

……うぉー怖い怖い。

そんなに睨《にら》まないでくださいよ。ちびったら責任取ってくれるんですか？

「あ、あなたは……」

聖女様も男に続いて俺のことに気付いたようだ。

「初めまして？　——いや、これは違うか。お久しぶり？　——これも違う気がするな」

何て言うのが正しいのだろう？

折角かっこよく出てきたつもりだったのに、続きのセリフが思いつかない。

……うぅむ、どうやら俺にヒーローとしての気質はなかったようだ。

「おい、何でここにいるんだ？　お前、新入生だろ？」

「えぇ、新入生の如月真中です。以後お見知りおきを」

「名前を聞きたいわけじゃねぇよ、馬鹿にしてんのか？」

おや、では何が聞きたかったのでしょうか？

俺は思わず首をかしげてしまう。

「いいから、新入生はどこか行ってろ。俺たちは今お取り込み中なんだ」

「と、言われてもですね、僕もそこの聖女様に用が……」

俺はチラリと横を見る。

聖女様は俺の登場に目を白黒させていたが、変わらず目に涙を浮かべて震えていた。

「うるせぇよ、痛い目にあいたくなきゃさっさと失《う》せろ」

そう言って、一人の男が俺の方に近づいてくる。

うわぁ……こわいよぉ、お母さん。不良のテンプレみたいなことを言われてこわいよぉ。

「分かりましたよ。聖女様と今から消えるので、彼女を離してあげてくれませんか？」

「これからこいつは俺達と遊ぶんだよ？　離すわけねぇだろ」

「ですよねー」

俺は小さく溜め息をつく。

さてと、胸糞悪かったのでこうして現れてみたものの、普通にノープランだ。

注意しても引いてくれる感じでもなさそうだが……そうだ！

「先生！　こっちにガラの悪い男さんが下級生をいじめています！」

俺は後ろを向いて思いっきり叫ぶ。

しかし、俺の思いは届かなかったのか、誰も現れる様子はなかった。

「ここは校舎裏だし、教師が来るわけねぇだろ？」

「そ、そうすか……」

おかしいな？　アニメや漫画だと「ちっ、教師か！」「おい、ずらかるぞ！」って言って逃げていくはず。テンプレっぽいキャラみたいだったからいけると思ったんだけど……。

流石《さすが》上級生、どうやら馬鹿ではないようですね。

「お前、さっきからナメた真似《まね》してくれるじゃねぇか？　随分痛い目見たいようだなぁ」

ガラの悪い先輩が俺の胸倉を摑《つか》む。

「い、いけません！　逃げてください！」

聖女様が俺に向かってそう叫ぶ。

いや、それ言うならもうちょっと早く言ってくれない？　胸倉掴まれてちゃ逃げられないでしょ？　いや、心配してくれるのは嬉《うれ》しいんだけどね。

「じゃ、一緒に逃げよっか」

ドンッ、と。先輩をとりあえず突き飛ばして聖女様の手を握ってその場から走り出す。

「えっ？」

聖女様は突然のことで驚きの色を見せるものの、引かれるがまま走り始める。

後ろから大きな怒号が聞こえてくる。それでも追いかけてくる様子がないのは突き飛ばした男を心配してからか、はたまた深追いして問題にしたくないからか。

どっちかは分からなかったが、とりあえずその場から離れることだけに頭を動かした。

◆◆◆

「ふぅ……今日は疲れたな」

俺は少しだけ出た額の汗を腕で拭う。

やって来たのは、校舎裏の反対側。ゴミ捨て場から真反対にある別の校舎裏。

藤堂には殴られるわ、逃げなきゃならなくなるわ、ほんと散々である。

そして、そんな俺のことを聖女様は何故《なぜ》かぼーっと見つめていた。

俺、どこかおかしいかな？　……まぁ、いいか。

俺は繋《つな》ぎっぱなしだった手を離す。

「……」

「大丈夫か？」

「はい……ありがとうございます」

聖女様は呆《ほう》けてはいるものの、何とか返事を返してくれた。

「それにしても災難だったな。あんな男達に絡《から》まれて」

「ええ、本当は悪い人たちではないのでしょうけど、流石に今のはちょっと困りました」

なんと優しい聖女様なのか。

あんなことされたにもかかわらず、男共を非難せずに、悪い人ではないと言うなんて。

——今もなお、自分の体が震えているというのに。

（呆《あき》れたもんだ……）

だからこそ、それが俺は気に食わない。

「それにしても、如月さんは足が速いんですね……私、もう息が上がりそうです」

聖女様は息を整えながらそう口にした。

「ん？　まぁな」

昔、初恋の相手のためにめちゃくちゃ走りまくったからな。まさかこんなことで役に立つとは思わなかったさ。足の速い人が好きなんて言われてなかったら鍛えなかっただろうなぁ。

世の中、何が起こるか分からないものである。

「ん？　そういや、俺の名前知っていたのか？」

「先程、如月さん自身が名乗っていたじゃないですか――それに、クラスメイトの名前は全員覚えていますから」

そう言って、聖女様は微笑《ほほえ》む。

夕日に照らされた彼女の笑顔はとても眩《まぶ》しく、思わずドキッとしてしまった。

……これは、皆が虜《とりこ》になるのも分かる気がするなぁ。

「まぁ、とにかく無事でよかったわ。んじゃ、俺はゴミを捨てなきゃいけないから」

そう言って、俺は聖女様に背を向ける。

早く、掃除を終わらせて反省文を書かなきゃ。帰るのが遅くなってしまうし。

今、戻ったらはち合わせしないよね？　流石に帰ってると思うが……様子見で戻るか。

「ま、待ってください！」

すると、聖女様が立ち去る俺の腕を摑んできた。

「あ、あの！　助けていただき、ありがとうございました！　そ、その……もしよかったら、お礼をさせてください」

何を言い出すかと思えば、お礼がしたいとは。

「気にするな、俺が気に入らなかっただけだから」

「それでも！　私はこのご恩を返したいのです！」

「……はぁ」

俺は小さく溜め息をつく。

聖女様は勘違いをしている。

俺は自分の見たくない光景にむしゃくしゃし割って入っただけだし、恩を着せようと思って現れたわけじゃない。

——それに、

「いいか、聖女様。この際だからはっきり言っておく」

俺は後ろを振り向き聖女様の可愛《かわい》らしい顔に向かって口を開く。

「俺はできるだけお前と関わりたくないんだ。ぶっちゃけ、誰にでも張り付いたような表情をするお前を見ているとイライラするんだよ——お前は、本当に根っこの部分も優しいのかもしれないが、自分の気持ちを押し殺して誰にでもニコニコしているお前が……どうにも気に食わない」

「——ッ⁉」

「別に、俺の勘違いかもしれないが、それでも俺はお前のことを見ているとそう思ってしまうんだ。だから今回は恩に感じないで、これからも俺とはあんまり関わらないでくれ」

その言葉を聞いて、聖女様は驚きながら口を噤《つぐ》んでしまった。

自分を出さない彼女に、俺は冷たく言い放つ。

……別に、誰にでも表面しか見せないのは悪いことではないと思う。

本人や周りが納得して、それでいてみんなが幸せだったら、それもいいのかもしれない。

けど、俺はそれが嫌いなんだ。

やはり、人と接するときは本心から話してほしいし、その上で仲良くなりたい。

これは俺の自分勝手な言い分だ。

それを、聖女様に押し付けるのは本当は間違っていると思う。

聖女様は聖女様なりの生き方がある。それは人それぞれで、他人が口出しするような言われも必要もまったくない話。

……多分、俺は彼女に八つ当たりしてしまったのだろう。

胸糞悪《むなくそわる》い光景を見せられたことのイライラが、どこかに残っていたのかもしれない。

……彼女は、何も悪くないというのに。

「すまん、言いすぎたな――ということだから、俺に恩なんて感じないでいつも通りで頼むよ」

俺は悲しそうにする聖女様の顔を見て罪悪感を覚えてしまい、逃げるように足を進めた。

聖女様は、黙ったままその場から動かない。

「ほんと、らしくないなぁ……」

今まで、こんな気持ちになったことなかったのに、どうしてあんなことを言ってしまったのだろう？

俺は胸にわずかな棘《とげ》を感じながらも、聖女様に背中を向けてその場から立ち去った。

◆◆◆

「なぁ、あんちゃんや」

「どうしたの真中？　そんな真剣な顔をして？」

昨日はなんだかんだで掃除&反省文がきちんと終わり、現在翌日朝のホームルーム前。

俺は正面に座っている我が親友の颯太に向かって真剣な表情で見つめる。

教室ではクラスの女子の可愛らしい声や男子達のむさ苦しい声が変わらず響いていた。

「いやね……いつになったらお前が俺の気持ちを汲《く》み取ってくれるのかと思ってな」

「……気持ちを汲み取る？」

「あぁ、そうだ」

「といっても、僕は何のことか分からないんだけども？」

俺が真剣に話しているにもかかわらず、颯太は首を傾《かし》げる。

……けっ！　なんで分からないんだ。

何年俺の親友をしていると思ってんだこの男は？

「……お前が惚《ほ》けているのなら、この際はっきり言っておこう」

「惚けてないけど？」

じゃーかしい！　いちいち口を挟むんじゃないよ！

「いいか、俺がお前に言いたいことは――――」

俺は大きく息を吸う。

「目障《めざわ》りだから消えて「あ、颯太《そうた》♪　髪にゴミがついてるよ♪」邪魔すんなやボケェ!?」

「何よ、朝からうるさいわね」

折角の俺の言葉を遮った藤堂は、俺のことをゴミでも見るような目で見てくる。

「いや、俺が喋《しゃべ》っているのに、お前が途中で邪魔するからだろうが」

「はっ！　あんたが喋っていようが、私が喋っちゃいけない理由はないでしょ？」

「──うっ！」

俺は藤堂の我強しという姿勢に思わず声に詰まる。

……それはそうなのだが、もうちょっとタイミングを見計らってくれるとかさぁ？

俺が颯太と話しているんだから空気を読んで邪魔してほしくなかったんだけど……。

「……なんかごめん」

俺は藤堂の目に怯《おび》えてしまい、自然と謝罪の言葉が漏れる。

ほんと、こいつ怖いよ？　人って、あんな目ができるんだね。俺、そろそろこいつらと一緒にいるのやめようかな？

「それで、真中はなんて言おうと思ったの？」

「ん？　……あぁ、目障りだから消えてくれって言おうとしただけだ。気にすんな」

「気にするよ!?」

うるさいこのリア充。

目の前で相変わらず藤堂を膝の上に乗せてイチャついているお前が目障りじゃないと思ってんのか？　今更だから気にすることでもないだろうに。

「おはようございます、皆さん」

俺が驚く颯太に肩を竦《すく》めているとドアが開き、教室に耳に残るような声が響いた。

「おはようステラちゃん！」

「おはようございます聖女様！」

「あぁ……今日もかわいいよぉ……」

それに続いてクラスメイトの挨拶と、気持ち悪い男の声が聞こえてくる。

はぁ……やっぱり、聖女様が登場するだけでクラスの雰囲気が変わるよなぁ。

先程まで仲良くお喋りしていた連中は、聖女様が現れるとすぐに会話を止め、聖女様に挨拶をしている。

……これは一種の宗教じゃないのだろうか？

「ふふっ、おはようございます」

聖女様はみんなに挨拶を返すと、自分の席に座るべく、俺達のいる方に――ん？　何でこっちに来る？　お前の席は向こうだろ？

「おはようございます、如月さん」

「……は？」

そして、何故《なぜ》か俺の席の横までやって来て、平然と挨拶をしてきた。

そのことに、俺から思わず驚きの声が漏れる。

『お、おい！　聖女様があんなクズに挨拶したぞ⁉』

『あいつ……もしかして聖女様の弱みを握ってるんじゃないか？』

ただ挨拶されただけで酷《ひど》い言われようである。

ほんとに、君達は同じクラスの仲間なのかね？

「珍しいわね、こんなカエル以下の存在に挨拶するなんて」

「お前も大概だなこの野郎」

フォローをしようとは思わないのか？

俺がこんなにもガラスのハートを傷つけられているというのに。

「ええ、昨日たまたま話す機会があって、仲良くなりましたから」

「ふーん、そう……」

聖女様は睨《にら》みつける藤堂に臆することなく、いつもの聖女らしい笑みを向ける。

それを見た藤堂は、面白くなさそうに鼻を鳴らして顔を逸《そ》らしてしまった。

「……で、何の用だよ？」

俺は小さく溜め息をつくと、顔を合わせることなく聖女様に要件を聞く。

……昨日、俺が言ったことを覚えていないわけがない。

それなのに、わざわざ俺に関わって来るなんて――なにが目的なんだ？

「いえ、ただクラスメイトと仲良くしようと思って挨拶しただけですよ」

「……そうか」

仲良くしよう……ねぇ？

昨日あれだけ冷たく言い放ったのに、そんなことを言い出すとは。

流石《さすが》は聖女様……ということなのだろうか？　大した精神なもので。

「それに――」

聖女様は可愛らしい顔を俺に近づけると、耳元でそっと囁《ささや》く。

「私は如月さんが気になってしまいました。昨日のお礼もまだですし――これから、仲良くしていただけると嬉《うれ》しいです」

そして、最後にもう一度俺に向かって微笑《ほほえ》むと、聖女様は自分の席に帰っていった。

え……？　何故、耳元で言ったの？

俺は顔が少しだけ赤くなるのを感じ、立ち去る聖女様の後ろ姿を呆然《ぼうぜん》と眺める。

「……あんた、いつの間にあの子と仲良くなったのよ？」

「本当にね。昨日話したばかりだっていうのに」

二人が俺に向かってそう言ってくるが、俺は言葉を返すことができなかった。

……昨日あんなことを言ったのに、話しかけてきたこと。聖女様に耳元で囁かれたこと。

俺は色んな感情が混ざってしまい、ただ呆《ほう》けることしかできなかったのだ。

二章　近づいてくる聖女様

「如月《きさらぎ》さん、一緒に帰りませんか？」

「は？」

放課後。授業が終わり、帰り支度を始めた俺に突如隣から聖女様に声をかけられた。

「どうした急に？」

俺は怪訝《けげん》な顔で聖女様を見る。

その表情はいつもと変わらない聖女の微笑み。何を考えているかまったくわからなかった。

「いえ、ただ如月さんと一緒に帰りたいだけですよ？　……ダメでしょうか？」

ダメでしょうか……って言われてもなぁ。本音を言えばすっっっごく帰りたくない。

あまり聖女様と関わりたくないというのも理由の一つではあるのだが――

『羨ましい』

『うらやましい』

『ウラヤマシイ』

……後ろで親指を噛《か》みながら見ている男達がなぁ。

視線が怖い。妬み嫉《そね》みが字面《じづら》違いのひと単語だけでヒシヒシと伝わってくる。

だから、ここはやんわり理由をつけて断ろう。

これ以上こんな視線を浴びてしまうと体に毒だ。

「俺、今日は颯太《そうた》と藤堂《とうどう》と一緒に帰るし――」

「あら、今日は颯太とデートするから一緒に帰れないわよ」

「今日は放課後に用事があるし――」

「ん？　今日は用事ないって言ってたよね真中《まなか》？」

「ほら、家が反対かもしれないし――」

「では、途中までお喋りしながら帰りましょう」

「……………」

おぉい!?　全然断れないんですけど!?　というか、お前らフォローしようとは思わないのか!?　こんなにも一緒に帰りたくないってオーラ出しているのに!?

「(……どうして助けようとしないんだ！)」

俺は小声で帰ろうとしている藤堂と颯太に文句をぶつける。

「いや、たまには僕達以外の人と帰るのもいいかなって――友達作ろうよ？」

「その言い方は俺がボッチで寂しい人みたいじゃないか」

俺だってクラスの友達と帰ることぐらいあるわボケ。

「文句言わないの――それに、これはいい機会じゃない」

「……というと？」

俺は藤堂の発言に首をかしげる。

「一緒に帰る間に、あの聖女様が何を企《たくら》んでいるのかを探るのよ。そしたら、こっちが優位に立てるわ」

藤堂は何と戦っているのだろうか？　優位になったところで何をしようとしているの？

……しかし、何を企んでいるか探るのはいいのかもしれない。

どうして急に俺と関わろうとしているのか――ここは知っておく必要がある。

「おーけー、探ってみることにするわ」

「ええ、そうするべきよ。それと、もし聖女様の企みが分かったら――」

「分かったら？」

すると、藤堂は懐《ふところ》から取り出したスタンガンを俺に渡してきた。

「これで始末しなさい」

「お前と聖女様の間に何があったのか」

お前の何がそこまで駆り立てるのか、俺は不思議で仕方がない。

それに、高校生が懐から出していい品物じゃないと思う。

「ちなみに、これはどっから入手したの？」

「通販よ。護身用に買ったの……今って何かと物騒じゃない？」

……この発言に触れるな、如月真中。お前の方が物騒だという発言をすれば、きっとこのスタンガンを向けられる。

「まぁ、物騒ではあると思うが……」

「安心しなさい、五千円で買えたから」

誰もお前の懐事情は心配していない。

「それで、一緒に帰っていただけますか？」

俺達がひそひそと話していると、それを見ていた聖女様が声をかけてくる。

「あぁ、大丈夫だ。一緒に帰ろうか」

俺は聖女様の方を向き、平静を装《よそお》いながら了承する。

とりあえず、スタンガンは藤堂に返すことにした。

……だってこんなもの、使うわけがないだろ。

◆◆◆

「あっ、如月さんもこっち方面に家があるんですね！」

「あぁ……ということは、聖女様もこっちなのか？」

「はい！」

楽しそうに、聖女様は頷《うなず》く。

男子達から殺意の目を向けられながら教室を出た俺達は、現在帰路についていた。

周りには、俺達と同じく帰路についている生徒達がちらほら見える。

そして、俺の隣には夕日に照らされて美しく見える聖女様の姿。

……ほんと、今までだったら考えられないよなぁ。学校で人気の聖女様と一緒に帰ることになるなんて。世の中、何が起こるか分からないものである。

「聖女様は、いつも誰と帰ってるんだ？」

「私はいつも一人ですよ。それと――」

聖女様は俺の前に回り込むと、可愛《かわい》らしく人差し指を突き立てて俺の顔を覗《のぞ》き込んだ。

「聖女様というのはやめて下さい。私には柊ステラという名前があるんですっ！」

「……別によくないか？」

「ダメです！　私はその呼び方好きじゃないんです！」

「そうですか……」

可愛らしく頰《ほお》を膨らませて不機嫌アピールする聖女様。

思わずその頰を人差し指でつっついてみたいという衝動に駆られてしまったが、グッとこらえた。

「じゃあ、なんて呼べば？」

「それは如月さんが考えてください」

うわぁ、めんどくさ。自分で否定しておいて、他人に呼び方丸投げしやがったよこの子。

……仕方ない。呼び方を考えることにしよう。

「お前」

「却下です」

「あなた」

「ダメです」

「あなた様」

「もう！　どうして名前を呼んでくれないんですか⁉」

お前が俺に考えろって言ったんじゃん。文句を言わないでほしい。

「……はぁ。じゃあ、柊でいいか？」

「仕方ありませんね、それでいいです♪」

俺が溜め息をつきながらそう言うと、柊は嬉しそうに納得してくれた。

……はぁ、この子ってこんなこと言うキャラだったけ？

いつもは誰に対しても同じような笑顔。それが、今日は何故《なぜ》か喜怒哀楽が顕著に見えた。

俺は先に進んでいる柊の姿を見る。

その足取りは、妙に弾んでいるように感じた。

「なんで、そんなに楽しそうなんだよ……」

柊の後ろをついて行きながら、俺は小さく呟《つぶや》くのであった。

◆◆◆

「ふふっ、そうですか。桜木《さくらぎ》さんと藤堂さんは中学の時から仲がよろしかったんですね」

「まぁな」

俺達の間に他愛のない会話が続く。

学校からかなり歩いてきたが、意外にも柊との会話が楽しかった。

始めは、何を企んでいるかを探り探りしていたのだが、話しているうちに会話が弾み、俺の中の警戒心が薄れていった。

……これが聖女パワーなのだろうか？

「あいつらには本当に苦労させられてきたよ」

「そう言っても、桜木さん達と一緒にいる如月さんはいつも楽しそうですよ」

「そうか？」

そうなのだろうか？　中学の時から一緒にいるからよくわからんな。

それに、あいつらと一緒にいると、リア充オーラに吐き気がするし、藤堂にはすぐ暴力を振るわれるし、颯太はイケメンすぎて妬みしか湧かないし――本当に楽しいか？

「そうですよ……本当に、羨ましいです」

そう言った柊の表情は、羨ましそうに見えて――どこか陰りがあるように見えた。

……俺の勘違いなのだろうか？

こいつも一人の女の子。いつも周りに「聖女様、聖女様」って言われて同じような笑みしかしないやつだ。どこか、彼女の中にストレスがあるのかもしれない。

（まぁ、俺には関係ないが……）

冷たい男、そう思われるのかもしれない。けど、柊とまともに関わったのは今日が初めてだ。

俺と彼女との間には特別な関係があるわけでもないし、特段仲がいいわけでもない。柊の抱えている闇に付き合ってやる義理なんてないのだ。

「そういや、柊って親がイギリス人ってほんと？　その髪って、地毛って聞いたんだけど……」

こうして隣に立って近くで見ているが、どこも染めているわけでもないように見える。そして、日本人特有の黒目ではなく透き通った碧眼《へきがん》。

親がイギリス人っていうのは本当なんだろうなぁとは思ったが、少し気になっていたしいい機会だと思って聞いてみた。

……これも何気ないたわいもない会話の一つだろう。

「そうですね。お母さんがイギリス人で、お父さんが日本人です」

「イギリス……ふぅん、なるほどね」

イギリスだったら白人寄りの容姿も頷ける。

イギリスって英語だったっけ？　お母さんが英国人ってことは英語が得意なのだろうか？

「Then, is it okay to recognize that you are good at English?」

「え……えっ？」

「……Then, is it okay to recognize that you are good at English?」

「え、えーっと……何ておっしゃったのでしょう？」

ものは試しと、英語で話してみる。

だけど、柊は突然の英語にあからさまに疑問符を浮かべていた――というより、理解できていない印象だ。

「じゃあ、英語は得意って認識でよかったのかって聞いた」

「は、恥ずかしながら……得意じゃありません」

分からなかった時点でちょっと察した。

「まあ、不得意は誰だってあるしな。ちなみに、この前やった英語のテストってどれぐらいだったのか聞いてもいい？」

「さ、三十二点でした」

「頑張りましょう」

きっとこの子はあれだ……『ば』から始まって『か』で終わる人種の一人なのだろう。

見た目と雰囲気からはいまいち想像がつかなかったなぁ。

「私、お母さんがイギリス人ではあるんですけど……育ちは日本なんです」

「そっか……そりゃすまんな」

偏見はよくないな。ちょっと柊に失礼なことを言ってしまった気がする。

けど……それにしても英語の点数低くない？

そんなことを考えながら、俺達は歩みを進める。

すると、そろそろ我が家の近くまでやってきてしまった。だから、柊と一緒に帰るのもここまで。

……特別、何か分かったわけでもなかったなぁ。

「じゃあ、俺こっちだから」

そう言って、俺は曲がり角を指さして別れようとする。

「あ、私もこっちです」

「そ、そうか……」

聖女様も同じ方向なのか、俺の横にひょんと並ぶ。

(案外、柊の家って俺の家の近くだったんだな)

そんなことを思いながら、俺達は再び歩き始める。

「俺、こっちだけど……」

「私も同じですね」

「「……」」

「じゃあ、また明日――」

「……私もそちらです」

「「……」」

「俺――」

「一緒です……」

「「……」」

そんなやり取りが続いて――

「俺、このアパートなんだけど……」

「……私もこのアパートです」

とうとう愛《いと》しの我が家までたどり着いてしまった。

築十一年、一部屋1Kの三階建て一人暮らし専用のアパート。その二階の一部屋が、俺の住んでいる部屋だ。

俺は確認するように恐る恐る集合ポストを見る。

そこには『柊』と分かりやすく303号室のポストに書かれていた。

「もしかして……同じアパートなの？」

「そ、そのようですね……」

聖女様も、驚いているのか呆然《ぼうぜん》と集合ポストを見ていた。

え？　ちょっと待って？　全然気づかなかったんですけど？

ここに住み始めてはや一か月。集合ポストに堂々と名前が書いてあったのに、まったく気づかなかったわ！　しかも、一回も聖女様と出会ったことすらなかった！

「……お前、一人暮らしだったんだな」

「……如月さんこそ、一人暮らしだったんですね」

衝撃の事実に、お互いにしばらく呆《ほう》けてしまう。

「というか、柊って一人暮らしできんの？　大丈夫？　ちゃんと生活できてる？」

「ば、馬鹿にしないでください！　私だって、一人暮らしくらいできますっ！」

聖女様は、胸を張って俺に抗議する。

しかし、胸を張ったことにより女子高生らしい発育した胸が強調――ごほんっ！　なんでもないぞ？

「私も立派なレディーです！　掃除と洗濯はできます！」

「ほぅ……掃除と洗濯はできるんだな？」

「ええ！」

そっかそっかー。ちゃんと一人暮らししてるんだなぁ。

「掃除」

「できます！」

「洗濯」

「完璧です！」

「料理」

「……」

急に黙ってしまった、可愛《かわい》らしい我がクラスの聖女様。

どうやら……一人暮らしには欠かせないものができないらしい。

「そっか、我がクラスの聖女様は料理できないんだぁ～（ニヤニヤ）」

「で、できますよ！　お湯くらいちゃんと沸かせます！」

それってもうカップ麺しか作れないじゃねぇか。

「そういう如月さんこそどうなんですか！」

「ん、俺か？　俺はお前と違って料理はできるぞ」

「料理は……ですか」

そう言って、柊は何故か俺の事をジト目で見つめてくる。

やめて下さいよ聖女様。そんなに見つめられたら照れてしまうでしょ。

「掃除と洗濯はできるんですか？」

「……」

「掃除と洗濯は？」

「……」

「掃除と洗濯？」

「……できません」

俺は顔をグッと近づけて聞いてくる柊に顔を逸《そ》らしてしまう。

だって仕方ないじゃん！　苦手なものは苦手なんですもん！　何⁉　掃除と洗濯ができないことってそんなに悪いことなの⁉

……人って、誰しも得意不得意あるよね。

「……はぁ、お互い見事に得意不得意が分かれましたね」

「……そうだな」

互いに肩を落とす。何で俺達はアパートの前でこんなやり取りをしているのだろう？

「とりあえず、さっさと帰るか」

「そうですね」

俺達は若干疲れたものの、アパートの階段を上がっていく。

「じゃ、俺はここだから」

二階まで上がると、俺は柊に一声かけ、自分の部屋に向かう。

「あ、あの！」

すると、後ろから柊に声をかけられる。俺は後ろを振り向くと、聖女様は顔を赤くして恥ずかしそうに俯《うつむ》いていた。

「きょ、今日は楽しかったです……ま、また明日……です」

そう言い残すと、柊は階段を駆け上がり立ち去ってしまった。

「楽しかった……ねぇ？」

俺はその姿を見送ると、再び自分の部屋へと向かう。

楽しかった。それは、今日の俺も感じていたこと。

何故《なぜ》そう感じてしまったのか？　俺はあいつの張り付いた表情が嫌で、関わりたくなかったのではなかったのか？

「……いや、違うな」

少なくとも、今日の柊はそんな顔を俺に向けてこなかった。

聖女様としてではなく、一人の柊ステラとして接してくれていたような気がする。

……だから、俺も楽しかったのだろうか？

それに――

「……どうして、あいつの顔が離れないんだ？」

今までには感じたことのない気持ち。

俺はその気持ちを不思議に思いながら、自分の部屋へと入っていった。

三章　聖女様と晩御飯

俺は我がリスペクト&お気に入りアニメソングを鼻歌で歌いながら鍋の中のルーをかき混ぜる。

「〜〜〜♪」

本日の夜ご飯はなんと誰もが大好きなカレー。

柊《ひいらぎ》と別れたあと俺はすぐに風呂《ふろ》に入ると、こうして我が家の夜ご飯の準備をしていた。

うん、カレーって素晴らしい料理だよね。

めんどくさいというわけじゃないけど、多めに作っておけば明日の朝ご飯を作らなく済むんだよ？　一人暮らしには持ってこいの料理だと思わない？

何てことを考えながら、小さな皿に少しだけすくって味見。

……うん、いい感じじゃね？

というわけでＩＨのコンロを消すと、俺は皿の上にご飯とカレーを盛ってテーブルに運ぶ。

時刻は夜の七時。

少し遅くなってしまったが、早く食べてお気に入りのラノベでも読もうかな。

「んじゃ、いただきま「ピーンポン♪」す……誰だよ、こんな時間に？」

俺が両手を合わせて早速夜ご飯を頂こうとすると、不意にインターホンが鳴る。

……怪しげな新聞勧誘か、それとも遊びに来た颯太《そうた》達か。俺に考えられるのは二つ。

うーむ、どっちなのだろうか？

「まぁ、いっか」

俺は考えるのをやめて、玄関へと向かう。

「はいはい、どちらさま「こ、こんばんは……如月《きさらぎ》さん……」です……は？」

玄関を開けると、そこにいたのは部屋着を着た柊の姿。

薄いピンクを基調とした部屋着は、柊の可愛らしさをより一層引き立てている。

……それに、お風呂上がりなのかほのかにいい匂いがするし、若干火照《ほて》った柊が…その
……妙に色っぽい。

「ど、どうしたんだ……柊？」

少し見蕩《みと》れてしまった己の視線を強引に逸らした。

……いかん、何かこのまま見ていたらやばい気がする。

「あ、あの……少し、お願いがありまして」

「お願い？」

柊は恥ずかしそうに体をもじもじさせながら、俺に向かって口を開く。

「そ、その……私、夜道が怖くて……」

「お、おう……」

ここでそんなカミングアウトされても困るんだが？　どうしていきなり自分の怖いものを暴露したのか気になるところだ。

「一人で買い物行くことができないんです……」

「そ、そうなの……」

買い物行くのに一緒について来いということなのだろうか？

幸い、あたりは暗くなっているがコンビニやスーパーはまだ営業している。買い物すること自体は全然可能だ。

（けど、今からご飯食べるんだけどなぁ……）

俺はご飯を食べようとしている最中。

冷めないうちに食べたいので、できればついて行きたくない。

「そ、それでなのですが……」

少し心苦しいが、買い物に付き合うのは断ろう。

俺だってご飯食べたいから。……お腹空《なかす》いてるんだもん。

「すまん、お前の買い物には付き合って「ご飯、食べさせていただけませんか？」――は？」

俺は、柊の発言に思わず変な声が出てしまう。

……え、そっち？　買い物に付き合ってくれというんじゃなく、ご飯を食べさせてくれ？

正直、予想していたことと少し違って驚いてしまったんですけど？

「じ、実は――」

◆◆◆

「――なるほど」

俺は、玄関で柊の事情を聞いた。事情を話し終わった柊は本当に恥ずかしいのか、先程より顔を真っ赤にして俯いている。

「つまり、お前は家にカップ麺がなくて、本当は今日買い物に行く予定だったけど、俺と帰ることに夢中になってしまい、買うのを忘れて夜ご飯がなくて困っている……と」

「……はい」

なんということだ。本当にカップ麺だけを食べて生活をしているとは。

……今まで、よくそれで生きていたものだ。

俺は柊の生活を想像して頭を抱える。

「他に食べ物とかないのか？　惣菜《そうざい》パンとか？」

「……ないです。本当に、何もありません」

「……マジか」

……この子、本当に大丈夫なのか？　親御さんもよく一人暮らしを許可したものだ。

(しかし、ここで柊を突き放すのも良心が痛む……)

正直、今日初めて関わったやつにそこまでする義理なんてないのだが——

「……うぅ」

申し訳なさそうに体を縮こませ、頬《ほお》を染めながら柊は俯いてしまっている。

こんな柊を見てしまうとなぁ……。

どうしても、助けてあげなきゃって気持ちになってしまう。

「……とりあえず、中に入れよ」

「……え？」

俺の言葉に、柊は顔を上げて驚く。

「カレーでよかったら食べさせてやるから」

「あ、ありがとうございます！」

すると、柊は嬉《うれ》しいのか花が咲いたような笑顔を見せた。

「ッ⁉」

その表情を見て思わずドキッとしてしまう。

俺は顔が赤くなるのを感じつつも、柊を我が家へと迎え入れた。

◆◆◆

「わぁ！　美味《おい》しいです！　美味しいですよ、如月さん！」

そう言いながら、カレーを頬張る柊の姿。

……結局、俺は自分のとはまた別に一人分用意して、早速柊に食べさせてあげた。

早くしないと冷めてしまうというのもあるのだが……その、あまり男の部屋に女の子をあげるのは……よくないと思ったんだ。

だから、早く食べさせて帰ってもらおうと。

――しかし、

「本当に如月さんはお料理が得意なんですね！」

満面の笑みで俺の料理を褒めてくれる柊。

その姿を見ると、胸が温かくなるのを感じる。

（人に、美味しいって言ってもらえるのがここまで嬉しいものだとはなぁ……）

一人暮らしでは滅多に感じることのない気持ち。いつもは一人で寂しく食べていたものの、こうして誰かと食べることは颯太達が来るとき以来だった。

それに、こんなにも美味しく食べている姿を見ると、作ってよかったなって思ってしまう。

（こういうのも、たまにはいいのかもしれないな……）

俺は美味しそうに頬張る柊の姿を見ながら、そう思うのであった。

◆◆◆

「ごちそうさまでした」

「お粗末様」

――それからしばらくして。

柊は用意したカレーを綺麗《きれい》に平らげると、満足したかのようにお腹をさすった。

「本当に、今日はありがとうございました」

そう言って、柊は頭を下げる。

「別にいいよ、気にすんな」

「あ、あの……これ、今日のお食事代といいますか……」

柊はおもむろに財布から一万円札を取り出す。

諭吉♪　諭吉♪　俺の料理は一万円の価値……って、多いわ⁉　一回の食事で一万円使うほどの料理じゃないって⁉

「金はいらんわ！　……というか、一万円なんて気軽に出すなよ？　取られたりしたらどうするつもりなんだ」

「すみません……」

俺が軽く注意すると、柊はあからさまにしょんぼりしてしまう。

……やばい、ちょっと注意しただけなのに、柊を見てたら罪悪感が。

「で、でしたら！　何かお礼させてください！」

「一回飯食べさせてあげたぐらいで大袈裟《おおげさ》だぞ？」

「そんなことありません！」

柊は俺に顔をグッと近づける。

……近いんですけど？　顔めっちゃ近いんですけど？

聖女様の整った顔が目の前にある。桜色の唇に透き通った瞳が、俺の視線を誘導してしまう。

い、いかんっ！　すっごい意識してしまう！

「ひ、柊さんや……お顔が近いのでは……？」

「ふぇ？　――――ッ⁉　す、すみませんっ！」

自分の行動に気が付いたのか、顔を真っ赤にさせ慌てて離れる。

そして、柊はまたしても俯《うつむ》いてしまった。

（こいつ、今の状況分かってんのか……？）

年頃の男子と狭いこの部屋で二人っきり。

普通は何か間違いが起きないように警戒するものなのではないだろうか？

それなのに、今の彼女は――――あまりに隙が多すぎる。

……信用してくれているのかね？

関わりを持って時間はあまり経《た》っていないが、何故《なぜ》か彼女からはそんな雰囲気を感じてしまう。

「で、では……せめて、このお部屋のお掃除だけでもさせてください」

頬を赤らめた柊は、俺の部屋を見てそう言った。

衣類は散らばっており、読みかけの本も本棚ではなくベッドの上。ゴミはゴミ箱に山盛りの状態で放置してある我が部屋。

……今思えば、よくこんな部屋に女の子を入れたよな。

「いいよ、あとでやっておくから」

俺は柊に手を振りながら答える。

まぁ、と言っても、やるといいつつ実際には後回しにするんだろうなぁ。

俺は掃除が大の苦手で、どうしてもめんどくさくて手を出そうとは思わないのだ。

……どうやったら綺麗になるのかも分からないし。

「ダメです！　どうせ如月さんはめんどくさがって後回しするに決まってます！　こんな清潔ではない部屋にいたら病気になってしまいます！」

……よくご存じで。

どうして分かったのだろうか？　俺って、顔に出やすいタイプなのだろうか？

「はぁ……分かったよ。じゃあ、よろしく頼む」

柊の必死な態度に俺は溜め息をつき、渋々折れることにした。

「はいっ！」

俺が了承すると、柊はとても嬉しそうに微笑《ほほえ》む。

まさか、この俺が女の子に部屋の掃除をしてもらうことになるとは。

……変なもの置いていないよね？　見られてもいいものしか持ってないはずだよね？

まぁ、そこまで本気で柊も掃除しないだろうし、大丈夫だろう。

（あいつって、確か冷蔵庫の中にも何もないって言ってたよな？）

折角だから柊が掃除をしてくれている間に今日の残りのカレーとご飯をタッパに入れておくか。

……そしたら、少なくとも明日の朝ご飯は大丈夫だろう。

そんなことを思いながら、俺は部屋の掃除を始めた柊の邪魔にならないようにキッチンに向かった。

◆◆◆

「どうですか如月さん！」

「……いや、大変すばらしいと思います」

三十分後。キッチンで皿を洗っていたり、柊の朝飯を詰めていると柊から掃除完了の報告を受けた。

そして、我が部屋を覗《のぞ》いてみたら――なんということでしょう。

脱ぎっぱなしにしていた服は綺麗にタンスの中、読みかけの本も綺麗に本棚に収納され、ゴミもしっかり分けられた状態で縛られている。

そして、床や窓枠には埃《ほこり》一つなく、入居当時の状態みたいになっていた。

「柊って……本当に掃除得意なんだな……」

「人として当然のスキルです！」

そして、胸を張って誇らしげにする柊。

……うむ、強調される胸が大変すばらしい。

「まぁ、女の子として当然のスキルが抜けてるがな」

「うっ……！　そ、それは言わないでください……」

しかし、この掃除のスキルは本当にすごいと思う。

わずか三十分でここまで俺の部屋が綺麗になるとは思っていなかった。

「なんか……ありがとう」

「いえ、これは今日のお礼ですので」

「そっか……」

俺は小さく微笑んだ聖女様を見て思わず声が漏れる。

「あ、そうだ——これ」

そう言って、俺はカレーとご飯が入っているタッパを渡す。

「お前、家に何もないって言ってたろ？　これ、明日の朝飯にでもしてくれ」

「そ、そんないただけません！　夜ご飯を食べさせてもらった挙句に、ここまでしてもらうなんて！」

しかし、柊は両手を振って受け取ろうとしない。

けど、俺はそんな柊を無視して無理矢理タッパを渡す。

「正直ここまで綺麗にしてもらえるとは思ってなかったんだ。これくらいさせてくれ」

「で、ですが――」

「いいからいいから」

俺が強く言うと、柊は渋々納得して、タッパを受け取ってくれた。

「ありがとうございます、如月さん」

「ッ⁉」

お礼を言いながら微笑んだ柊に思わずドキッとしてしまう。

……どうして、こいつを見ていると顔が熱くなってしまうのだろうか？

「今日は遅いし、もう帰れ。あまり男の家に長居するものでもないだろ」

「ふふっ、そうですね。では私はお暇《いとま》しましょうか」

俺は熱くなった顔をごまかしながら、顔を逸《そ》らす。

そして、柊は帰る為《ため》に玄関へと向かった。

「如月さん、またお部屋が汚かったらお掃除しに来ますからね」

「……そうならないように、努力するよ」

そして、俺に小さく一礼した柊は玄関の扉を開ける。

「あ、それと――」

すると、何かを思い出したのか、玄関を開けたまま俺の方を振り向いた。

「今日はありがとうございました……やっぱり、如月さんは優しいですね」

「……そうかよ」

「えぇ……では」

そう言い残し、柊は今度こそと、玄関を出て帰っていった。

――しかし、何故か俺の足は帰っていった柊の方へと向かって行く。

「お、おい柊！」

玄関を開き、帰ろうとした柊を呼び止める。

「どうかしましたか？」

俺の行動に、柊は小さく首を傾《かし》げた。

「そ、そのだな……また、飯に困ったら、食べに来い……食べさせてやるから」

「……はいっ！」

俺の言葉を聞くと、花が咲いたように笑った聖女様は今度こそ本当に自分の部屋へと戻っていった。

その後ろ姿を見て、俺は玄関前で呆然《ぼうぜん》と立ち尽くす。

どうして、俺は柊を追いかけていったのか？

今日初めて関わり始めた柊に、また食べに来いと言ってしまったのか？

関わりたくないと思っていたはずなのに、俺はどうしてこんな行動をしてしまったのか？

「何やってるんだよ……俺」

……自分の中でも、よく分からなかった。

彼女の嬉《うれ》しそうな顔。

それを思い出すだけで、俺の体と口は勝手に動いてしまった。

「……今日は、いろんなことがあったな」

少しの疲れを感じながら、俺は我が家へと戻った。

この彼女に対する気持ちは一体何なのか？
その答えは、綺麗《きれい》になった部屋で一晩を過ごしても分からなかった。

四章　近くなる二人

聖女様と晩御飯を食べた次の日。

いつもと変わらない時間に起き、今日も今日とて学校へと向かうべく玄関を開ける。

外にはランニングをする若いお兄さんや、夫婦仲良く散歩をするおじいちゃんおばあちゃん、友達と一緒に登校している小学生達の姿。

涼しい風が一日の始まりを教えてくれているようで、俺はいつもと変わらない日常がこうして――

「おはようございます、如月《きさらぎ》さん」

始まりませんでした。

「……どうしてお前がここにいる？」

玄関を開けると、目の前に現れるは金髪を靡《なび》かせる我がクラスの聖女様。

早速ではあるが、いつもと変わらないというのは訂正した方がよさそうだ。

「こちらを返しに来ました」

そう言って、柊《ひいらぎ》はカバンから昨日渡したタッパを取り出す。

「別に、放課後でもよかったのに」

「いえ、こういうのは忘れないうちにお渡ししておこうと思いまして」

「さいですか」

何とも真面目な聖女様か。俺だったら確実に夜まで放置しておくというのに。

俺はタッパを受け取ると、靴を脱いでキッチンの戸棚に置く。

「それで、如月さん」

「おう、なんだね？」

「一緒に学校に行き「断る」——ええっ⁉」

話を遮られたことが不満なのか、それとも断られたことが不満なのか、柊は可愛《かわい》らしく頬《ほお》を膨らませる。

……一回でいいから、そのほっぺつっついてみたい。

「何故《なぜ》即答で断るのですか⁉」

「何故って言われてもなぁ……」

聖女様の言葉に、俺は頭をかく。

「よし、俺達が一緒に登校してみた時を想像してみるんだ」

「……想像ですか？」

「あぁ……他愛のない会話をしながら一緒に登校するとする。すると周りからは付き合っているカップルに思われてしまうだろう」

「つ、付き合ってッ⁉」

想像して恥ずかしくなったのか、顔を真っ赤にした。

「そして、一緒に登校した俺達が何気なく教室に入ると、そこにはみんなの驚いた顔。「え？」「何で聖女様と一緒にいるの？」という疑問の声が聞こえる中、嫉妬に狂った連中が血走った目を見せ始め、肩身の狭い思いを――」

あぁ……目に見えるように想像できるなぁ。

俺はその光景を想像して、背筋に寒気が走るのを感じる。

「――というわけだ、だからお前とは一緒に登校できな「い、一緒に登校しましょう！」話聞いてた⁉」

俺の話を聞いて、何故か聖女様は小さく拳を作った。

「ねぇ、肩身が狭くなるって言ったよね？　ちゃんと話聞いてた？」

「はいっ！　それでもです！」

人が注目を浴びて辛《つら》い思いをするって言ったのに、この子はどうしてそこを簡単に容認しちゃうのだろうか？

「……柊って、俺のこと嫌い？」

「い、いえっ！　嫌いじゃありませんよ⁉　ど、どちらかというと……」

「ん？」

「な、何でもありません！　さぁ、早く行きましょう！」

顔を赤くした柊は何やら慌てていたが、俺の手を引っ張って学校へと向かう。

……えぇ、本当に学校に行くの？

周りの視線が痛そうだし、このあとのことを考えたら――

「うぅ……胃が痛い……」

◆◆◆

「なぁ、柊さんや？」

「何ですか、如月さん？」

「あなたは、いつもこの視線を浴びていらっしゃるので？」

「何故敬語なのかは分かりませんが……そうですね、いつもこのような感じですよ」

「マジですか……」

俺はキリキリしている胃を押さえながらげんなりする。

俺達はしばらく歩き、やがて人通りも多くなっている道へとやって来た。

もちろん、学校に近づけば近づくだけ人も多くなってくるのだが――

『ねぇ、あれって聖女様じゃない？』

『ほんとだ、聖女様だ』

『でも、あの隣にいる男って誰？』

『ま、まさか、彼氏⁉』

興味、嫉妬、疑問。そんな視線が深々と舐《な》め回すかのように全身に浴びせられる。

不快、不愉快この上ない。

「……凄《すご》いですね、聖女様は」

「だから、聖女様はやめて下さいってば！」

隣で可愛らしく不満げにする聖女様。

……いや、ごめんね？　今そんな君にかまってあげられるほど余裕ないんだよね。

周りの視線やら話し声やらが気になって、俺の精神がどんどん削られていく――ほんと、いつもこんな視線を浴びている聖女様ってすごいね。

どうせ視線を集めるのならビキニのねぇちゃんの熱い視線がよかったよ。

「で、でも……こういう注目も悪くないと言いますか……」

「何だって？」

「な、何でもありませんよ！」

聖女様は両手を振り、顔を赤くして先を行く。

……何を言ってたんだろうか？　喋《しゃべ》るなら大きな声で話してほしい。でないと、会話ができませんことよ？

「さぁ、早く行きましょう！　でないと、遅刻してしまいますよ？」

そう言って、聖女様は可愛らしい笑みを向けると、俺の先を歩いていく。

……なんだかんだ遅れそうな原因って柊のせいだと思うんですよね。

「……はぁ、学校に着いた瞬間、柊と離れよ」

俺は小さな溜《た》め息をつきながら、先のことを考える。

……せめて、クラスの連中だけにはバレませんように。

そう祈りながら、俺は柊の背中を追って学校へ向かうのであった。

◆◆◆

「おはよー」

「あ、おはよう真中《まなか》」

「おはよう」

俺はいつもの顔なじみの親友達に挨拶する。なんだかんだ登校時間までには間に合った。

結局、学校に着いた俺は柊に無理やり言い聞かせ、俺達は時間をずらして教室に入った。

始めは、何故か不満そうだった彼女も俺の命がどれだけ危険にさらされるかを力説すると、渋々納得してくれた。

ほんと、餌を取り上げられたリスでもあるまいし、あんなにほっぺを膨らませなくてもいいだろうに……。

最近彼女の中ではほっぺを膨らませるのが流行《はや》りなのかね？

俺は教室の端を見る。

すると、先に教室に入った柊は俺の視線に気づいたのか、小さく手を振ってくれた。

「あんた……聖女様と仲良くなっちゃったのかしら？」

俺達の様子を見た藤堂《とうどう》が、何やら気になる視線を向ける。

「ん？　仲良く……かな？」

「そうじゃない？　今、あんたの方を向いて手を振ってなかった？」

「多分な」

「流石《さすが》真中だよね。たった一日で聖女様と仲良くなるなんて」

まぁ、いろいろきっかけというか、なんというか……。

彼女が妙に積極的だった、ということも仲良く見える原因なのかもなぁ。

「……あんた、昨日まで気に食わないとか言ってなかった？」

「そうなんだけどさ……あいつと関わってみて意外とイメージが違ってたんだよ。ビキニのねえちゃんの方が一番色っぽいと思っていても、実際にスク水を着たねぇちゃん見たらそっちの方が色っぽかった……みたいな」

「たとえが気持ち悪い」

藤堂が体を抱きながら本気で引いてしまう。

……おかしいな？　たとえ分かり難《にく》かったのかな？

どうやら女子にはこの気持ちが分からないようだ。

「まぁ、そのたとえは置いておいても、真中が他の人と仲良くなってくれて僕は嬉《うれ》しいよ」

「だからボッチじゃないっちゅうに」

こいつはさりげなく俺を馬鹿にしていないだろうか？　そろそろ俺の堪忍袋《かんにんぶくろ》がゲシュタルト崩壊しちゃうよ？

「皆さん、おはようございます」

話していると、先程までクラスメイトに囲まれていた聖女様がこっちにやってくる。

「おはよう、聖女様」

颯太《そうた》が聖女様に挨拶を返す。

俺も、さっきまで一緒にいたが、感づかれないように挨拶を返す。

「ねぇ……聖女様」

「何ですか、藤堂さん？」

「ちょっと、私と二人で話さない？」

やって来た聖女様に、藤堂は鋭い目つきで睨《にら》む。

どうして、そんなに攻撃的なんですか藤堂さん？　普通に挨拶されただけだというのに。

「なぁ、おい藤堂――」

俺は藤堂が作った怪しい空気におかしいと思い、声をかける。

「まぁ、ここは深雪《みゆき》のやりたいようにやらせてあげようよ」

「どうして？」

「深雪も、真中のことが心配なんだよ」

颯太は一体何を言っているのだろうか？

藤堂が俺のことを心配？　心配することも意外なのだが、俺の何を心配しているのだろうか？

「私は別に構いませんよ」

柊は藤堂の鋭い視線に臆することなく、平然と答える。

「じゃあ、行きましょうか」

「はい」

そう言って、藤堂と柊はゆっくりと教室の外へ出て行ってしまった。

「……一体何なんだ？」

「いいから、いいから」

「はぁ？」

俺は現状が理解できず、首をかしげた。

◆◆◆

（※深雪視点）

「ここなら、誰も来ないわね」

私達は教室から出ると、階段を上がって人気のない廊下までやってきた。

「ええ、ホームルームも始まることでしょうし、手短に終わらせてしまいましょう」

聖女様は平然と微笑《ほほえ》む。……やっぱり、むかつくわね。

どことなく、その笑顔が重なって見えてしまう。

この子も、あの女と同じということなのかしら？

「そうね、じゃあ単刀直入に聞くけど——何が目的であいつに近づくの？」

「あいつ——というのは、如月さんのことでしょうか？」

「ええ、そうよ」

「そうですね……何と言いますか……」

そう呟《つぶや》いて、聖女様は少し考える。

「……助けてくれた、からでしょうか？」

「助けてくれた？」

「ええ、一昨日の放課後に私が上級生に絡《から》まれているところを、如月さんに助けてもらったんです」

困った人を見捨てられない性格の如月を考えて、私は少しだけ頭を抱える。

どうせ「自分が気に入らなかっただけ」とか言って、何も聞かずに立ち去ったんでしょうけど。

それが相手にどんな気持ちを抱かせるとも知らずにするんだから、地味にたちが悪い。

(まぁ、それは私も同じね)

「それで、恩を返したいからっていう話？」

これまでに、如月に助けられた人は何人もいる。そのほとんどの人が、お礼をしたいと言ってあいつに近づいてくるのだ。

……別に、そのこと自体は問題ない。恩を返したいなら勝手に返せばって思う。

――けど、

(あの女みたいなやつが近づいてたまるもんですか)

如月の初恋を奪っていったあの女。表面上はニコニコして人当たりがよい人気者を演じていて、如月に近づいてきた。

始めは、あいつからだったみたいだけど……途中からは違った。

それで、如月がどれだけ傷ついたか。本人は気が付いていないけど……。

(恩人のあんな姿を、私はもう見たくないのよ)

だから、私がしっかりしないといけない。あいつに近づいてくる奴《やつ》は、私がきっちり見極めないと。

「……そうですね、始めは私も恩を返したいと思っていました。ですが――」

「ですが？」

そして、聖女様は少し恥ずかしそうに、口を開く。

「そ、それ以上に如月さんのことが気になってしまったと言いますか……仲良くなりたいと言いますか……」

そして、聖女様は頰《ほお》に両手を当てて、顔を赤らめながら体をもじもじさせる。

……え？　何その反応？　私が思っていた反応と違うんですけど？

「そ、そのですね……私も、始めは恩を返そうと思っていたりしていましたけど……」

しかも何なの？　いつもの皆に対して振りまいている表情とは全然違うじゃない？

「い、いざ言うとなると恥ずかしいですね……」

顔を赤らめて恥ずかしそうに体をもじもじさせる聖女様。

「……助けていただいた時、如月さんに「お前が気に食わない」って言われたんです。何の飾りっけもない言葉で、堂々と正面から言われました」

あいつ、本人によく堂々と言えたわね……男らしいというかなんというか。

「それで、恩を返したいとも思ったのですが、私はむかーってなったんです！　なんでそんなことを言うのですか！　って」

「ごもっともね」

いきなり面と向かって気に食わないと言われれば誰だって怒るでしょう。

それがたとえ優しいことで有名な聖女様であっても、だ。

「けど……私に向かってそんなことを言ってきた人は初めてなんです。皆さんはいつも私に優しくしてくれますけど、それ以外はしてくれなかったと言いますか……」

……それはそうでしょうね。

聖女様の周りには友達という人はいれども、真っ向から嫌いだなんて言う人なんかいない。

というより、みんな聖女様に嫌われたくない人ばかり。

マスコットとして見ているのか、それとも単に聖女様と仲良くなりたいだけなのか？

……そんな人ばかりの環境にいた聖女様には新鮮なことだったのでしょうね。

「だから、私は如月さんのことが気になってしまいまして……私から関わりを持とうとしたんです」

「なるほどね……じゃあ、それが理由であいつに近づいたってこと？」

だったら安心……なのかしら？

少なくとも、今の聖女様の態度や話を聞く限り、あの女みたいなやつじゃないとは思うのだけれど。

「えぇ……そうです。——けど、今は少し違いますね」

「違う？」

すると、聖女様は再び恥ずかしそうに口を開いた。

「昨日一緒に帰ってみて、如月さんともっと仲良くなりたいと思ってしまった……と言いますか、一緒にいたいと思ってしまったと言いますか……」

私はそんな聖女様の姿を見て唖然《あぜん》としてしまう。

（……何、この態度？）

まるで恋する乙女じゃない。

……聖女様ってこういう反応するのね。

「そ、そうなの……」

「はいっ、そうなんです！　帰る時に私の歩幅に合わせて歩いてくれたり、さりげなく道路側を歩かせないようにしてくれたり、話していて楽しかったですし、たまに見せてくれる優しい目が嬉しいですし、如月さんのご飯は美味《おい》しかったですし、困った私を呆《あき》れながらも助けてくれましたし——」

……私は一体何を聞かされているのかしら？

目を輝かせてあいつの話を聞かされた私は何て反応をすればいいのかしら？

というより、これって惚気《のろけ》話よね？

私は、言葉が止まらない聖女様に聞いてみることにした。

「ねぇ、聖女様？」

「なんですか、藤堂さん？」

「聖女様って……如月のこと好きなの？」

私がそう聞くと、聖女様は固まってしまい――

「ふぇぇぇぇっ⁉」

これでもかと言わんばかりに顔を真っ赤にした。

「べ、別に！　好きというわけではありませんよ⁉　い、いえ！　嫌いというわけでもないですけど、それは友達としてといいますか……そ、それにっ！　まだ友達というわけでもないかもしれませんし……ぅぅぅ……っ！」

そして、恥ずかしさが限界に達してしまったのか、ついには顔を覆って地面にうずくまってしまった。

「……はぁ」

心配して損しちゃった。

私はチラリと聖女様を見る。

こんな子があの女と同じなわけがないわよね……。

本気で如月と仲良くなりたいって思っているわけだと思うし、これは間違いなく好きになっているに違いないわ。

それに……いい子そうだし、これならあいつが初恋を忘れられるいいきっかけになるかもしれない。

私は自分の中で気持ちの整理をすると、聖女様に手を差し出す。

「聖女様の気持ちは分かったわ――それと、変なこと聞いちゃって悪かったわね」

私が手を差し出すと、聖女様は一瞬だけ驚いた顔をして、手を握ってくれた。

そして、いつもの優しい表情で私に微笑んでくれる。

「大丈夫ですよ。藤堂さんが如月さんのことを心配しているのは分かっていますから」

「そう？　ありがとう」

そして、聖女様は立ち上がりスカートを少しだけ叩《たた》いた。

「それじゃ、もしよかったらこれからもあいつと仲良くしてあげてくれない？　あいつもきっと聖女様だったら喜ぶでしょうし」

「はい、こちらからお願いしたいくらいです。それと、聖女様っていう呼び方をやめていただけないでしょうか？　その、私は藤堂さんとも仲良くなりたいですし……」

そう言って、聖女様は恥ずかしそうにした。

……何、この可愛《かわい》い生き物？　聖女様ってこんな感じの子だったかしら？

「いいわよ、じゃあステラって呼ばせてもらうわ。私のことも深雪でいいから」

「はいっ！　ありがとうございます、深雪さん！」

すると、今度は花の咲いたような笑みでステラは喜んだ。

「それじゃ、教室に戻りましょうか」

「そうですね」

お互いに名前で呼び合うと、私達は教室に向う。

……これで、よかったのかしらね？

少なくとも、ステラは悪い子ではなさそうだし、この子がきっかけであいつの初恋もどうにかなるかもしれない――それに、

（まぁ、私より可愛いのは許すとしましょうか）

この瞬間、私達はどこか仲良くなった気がする。

それはステラが気持ちを吐露してくれたおかげなのか――

（どちらにしろ、私はこの子を少し気に入ってしまったのは確かかね）

だから、これでよしとしましょう。
私は自分の中でそう結論づけると、戻ってきた教室のドアを開けた。

五章　憧れと惨め

「真中《まなか》、お昼ご飯食べようよ」

「おう、いいぞー」

柊《ひいらぎ》との登校がどうしてか一部の生徒に露見してしまい、我が友達から凄《すさ》まじい視線を浴びまくった俺も、何とか午前の授業を乗り越えやって来た昼休憩。

そして、弁当を広げようとした俺の下に颯太《そうた》がやって来た。

「……あ、真中って今日は弁当なんだね」

「お前は学食か」

おっと、どうやら颯太とは昼ご飯が別れてしまったようだ。

……どうしようかな？　別に学食に行ってもいいけどさー。

「あら、如月《きさらぎ》って今日は弁当なのね」

それに続いて藤堂《とうどう》も俺の下にやって来る。

「あぁ——というか、俺は大体弁当だろうが」

「ははっ、そうだったね」

颯太は何が面白かったのか、小さく笑った。

……ほんと、イケメンの笑みって見るだけで吐き気がするよね。

俺達に見せつけちゃってさ。そんなに自分の顔がいいですよって自慢したいのかしら？

「……颯太なんて死ねばいいのに」

「どうして⁉」

うるさい、お前がイケメンなのが悪いんだろうが。裁判官、極刑をお願いします。

「如月さん、そんなことを言ってはいけませんよ？」

すると、俺の妬みの言葉を聞いた柊が俺たちの下にやって来た。

「……そうは言うが、こればかりは仕方ないんだ」

「何がです？」

「俺……実はイケメンが嫌いなんだ」

「ただの嫉妬じゃない」

そう言って、藤堂が呆れて肩を竦《すく》める。

この前、俺と同じような発言しただろうが。何自分のことを棚に上げてんだコラ？

「それで、ステラは私達に何か用かしら？」

「ええ、お昼ご飯をご一緒させていただけないかと思いまして」

「そう。別にいいんじゃないかしら？」

「ありがとうございます、深雪《みゆき》さん！」

柊が両手を合わせて喜んだ。

……おい、何勝手に決めてんだよ。

嫌だって言うわけじゃないが、勝手に決められるのもそれはそれでどうなのかと思う。

「お前ら、いつの間に名前で呼び合うような仲になったんだ？」

「まぁ、朝話した時に仲良くなってね」

「そうなんです！　深雪さんとはお友達なんです！」

「そ、そうか……」

さっき二人は一体何を話していたのだろうか？

……込み入った話なのだと思うが、どうしても気になってしまう。

「……はぁ、じゃあ学食行くか」

俺は小さく溜め息をつくと、ゆっくり腰をあげる。

「学食でいいの？　柊さんが弁当を持ってきているかもしれないし……」

「いや、大丈夫だ。だって柊は料理できないし、俺、昼飯は作ってあげてないし弁当を持ってきているはずがない。断言する」

「ま、待ってください如月さん！　何で言っちゃうんですか！」

俺が苦手を二人に暴露すると、柊は顔を赤くして俺の胸をポカポカ殴ってくる。

……うん、全然痛くないや。

しかも、本人は一生懸命殴っているせいか、その姿が大変可愛らしい。

「だって、本当のことだろ？」

「で、ですけどぉ……」

別に、取り繕ったところでいつかバレてしまうのだからいいだろうに。

何を隠そうとしているのか、この可愛い聖女様は？

「(……ねぇ、深雪？　なんか僕が思っている聖女様とイメージが違うんだけど？)」

「(そうなのよ。私も驚いたけど、どうやらこっちが素みたい)」

「(こっちの方が接しやすくていいね。これは真中の影響なのかな？)」

「(そうだと思うわ)」

俺が柊に叩かれている間に、何やら二人はヒソヒソと話していた。

ちょっとー、そうやって内緒で話されたら気になっちゃうんですけどー！　悪口じゃないかって心配になっちゃうんですけどー！

「柊さんって料理苦手なんだね」

「うっ！　……はい」

颯太に料理のことを聞かれると、柊は言葉につまり、渋々肩を落として認めた。

「まぁ、料理はこれから覚えればいいんじゃないかしら？　別に一人暮らしをしているわけじゃあるまいし」

「いや、こいつ一人暮らしだぞ」

「え、そうなの？」

「み、見ないでください……」

柊は俺の後ろへと隠れる。

その姿を見た藤堂は目を白黒させていた。

「柊は一人暮らしには欠かせない『料理』ができないらしい。俺も初めて聞いた時は『え、マジ？　一人暮らしできんの？』と思ったくらいだ」

ほんと、人って見かけによらないよね。

意外となんでもできそうな聖女様は実は『料理＋暗い』が苦手ときた。

……今でも、よく一人暮らしできるなって思うわ。

「き、如月さんこそお掃除できないじゃないですか！　一人暮らしには欠かせませんよね!?」

「掃除ができなくても生きていける！　一人暮らしには料理ができれば十分なんだ！」

「違います！　ちゃんと綺麗《きれい》にしないと病気になってしまいますよ！　お料理より掃除ができる方がいいんです！」

「いや、生きていくには料理だろ！　掃除はハウスクリーニングさんを呼べば解決するからな！」

「それは頻繁には呼べないではありませんか！　その分料理は外食すれば問題なしです！」

「外食ばかりだと栄養が偏るだろうが！」

「そ、そうかもしれませんけど……と、とにかくお掃除が大事なんです！」

「料理だね！」

「お掃除です！」

「料理！」

「お掃除！」

どうしてこの子は分かってくれないのかね!?　料理が一番に決まっているだろう!?

外食ばかりだとお金もかかるし、自炊できた方がいいに決まっている！

そして、俺達は至近距離でお互いを睨《にら》み合う。

自分の主張の方が正しいのだと、アピールするかのように。

間近にある柊の顔は不満げに頰《ほお》を大きく膨らませている。

(……触ってみたい)

俺はそんな触りたい衝動に駆られてしまった。

ちょっとぐらいはいい……よな?

そう思い、指で柊の頰を触ってみる。

「ひゃっ⁉ な、何をしてるんですかっ⁉」

そして、それに驚いた柊は顔を赤らめ、俺から勢いよく離れる。

「い、いや……ちょっとつっついてみたくてさ」

「も、もうっ! いきなりはやめてください!」

「いきなりはって言うことは、予《あらかじ》め言えば触らせてくれると?」

「~~~ッ⁉ ち、違います!」

顔を真っ赤にして否定する柊。

……うん、やっぱり柔らかかったな。

大変素晴らしい感触でした、ご馳走《ちそう》さまです。

「……私達って何を見せられてるのかしらね?」

「さぁ？　まぁ、二人が仲良さそうでよかったよ」

「ほんと、これでよく私達にイチャつくなって言えるわよね」

俺達がそんなやり取りをしていると、何やら二人が疲れた様子で話していた。

……どうしたのか？　だから内緒話はやめてほしいと言っているのに。

ほんと、これだからカップルは困るんだよね。

俺はまた柊に胸を叩《たた》かれながらも、二人を見てそう思った。

結局、俺は弁当を今日の晩ご飯にすることにして、学食を食べることにした。

……だって、三対一だと多数決で負けちゃうからね。

◆◆◆

なんだかんだ柊との口論が終わったあと、俺達は食堂へと向かった。

うちの学校の食堂は他の学校よりかは広く、人数も五百人は優に座れる。

しかし、ここの学食のお値段は学生のお財布にとても優しく、五百人以上座れるといってもあっという間に埋まってしまうことが多い。

「あちゃー、今日は人が多いね」

「でも、何席かは空いているから座れると思うわよ」

柊と口論したことによって、どうやら出遅れてしまったようだ。

食堂の中は人込みで溢《あふ》れかえっており、座れる席は何席かしかない。

しかし皆は注文し終わったあとなのか、これから座ろうとしている人はおらず、何とか座れると思う。

「んじゃ、さっさと注文するか」

「そうですね」

俺達は券売機へと向かう。

この食堂では、食券を買っておばちゃんに渡して注文するというシステムになっているからだ。

『お、おい！　あれって聖女様じゃないか？』

『ほんとだ！　聖女様が食堂にいるぞ！』

『えっ、嘘《うそ》っ!?　どこどこ!?』

柊が視界に入っただけでこの騒がれよう。一体、この学園で柊はどれほどの知名度を誇っているのだろうか？

この学園って結構人数いるはずなんだがなぁ……？

柊よ、君は入学してまだ数か月だろう？

「あぅ……ここでもですか」

柊が肩身の狭そうな表情を見せる。まあ、それもそうだろう。本人は慣れているとはいえ、聖女様と呼ばれることを好んではいない。

クラスだけでなく、このような場所でも同じ呼ばれ方をして注目も集まれば、少し不快に思うのも必然。

柊も苦労してるんだろうなぁ。本人の望まぬ場――

「ちっ」

「ちょっと待て、今舌打ちしたのは誰だ」

聞こえたぞ、どこからか！　柊の人気度を妬んだ邪悪な気持ちによって生み出された舌打ちが、すぐ傍《そば》から！

人が苦労しているっていうのに、人の気持ちも知らない失礼な奴《やつ》がどこかにいるぞ！

ごほんっ！　ここは、柊と親しくなった者としてガツンと文句を言ってやらねば――

「私もいるのに、この扱いの差……一回、シメてこようかしら？」

……言ってやるのは、また今度にしようかなぁ。

チラリと懐《ふところ》から見えたスタンガンが、彼女に関わっていけないと告げている。

「大丈夫だよ、深雪。僕の目からは君が柊さんと同じくらいに魅力的に見えるから」

「……颯太」

「……深雪」

二人は互いに両手の指を絡《から》ませ、至近距離で見つめ合う。

その光景は、はたから見ればあと数秒でキスするのではないかと思うほど……ッ！

食事前になんて甘いものを見せつけるんだ馬鹿野郎。

「なぁ、知ってるか？　この食堂って食券にはない特別メニューがあるんだぞ？」

「そうなんですか？　私、知らなかったです」

「何でも、ムカチャッカファイヤー丼という激辛の丼なんだ」

「へぇ～！　そのようなものもあるんですね！　とっても辛そうですけどっ！」

「その通り、食べたらその日の授業がまともに受けられなくなるほどだ」

「……すみません、そのセリフをどうして深雪さん達を見て言ったのですか？」

深い意味はない。とりあえず、今日は俺が奢《おご》ってやろうって気になっただけだ。

そのためにも、二人の分まで注文しておかないとなぁ……食券がいらないメニューで。

「しかし、お二人とも本当に仲がいいですよね」

食券を買っておばちゃんに渡した柊が、券売機の前でイチャついている二人を見て口にする。どうやら、柊はミートスパにするみたいだ。

「まぁ、中学の時から二人はあんな感じだな。そろそろお熱い雰囲気も冷めてもいいと思うんだが」

とりあえず、俺もオムライスの食券をおばちゃんに渡し、二人の分を一緒に注文する。

本当に、一年以上もよくあんなにラブラブできるよね？　もうちょっと落ち着いたりしないのかね？

「ふふっ、いいではありませんか。仲がいいことは素晴らしいことですよ？　女の子からすれば羨ましい限りです」

「ん？　ということは、お前も羨ましいのか？」

「ええ、私もいつか好きな人とあんな風になってみたいものです」

柊はそんなことを口にしながら羨ましそうに二人を見つめる。

……そんなもんなのかね？

俺からしたら、あそこまで人前でイチャイチャするほどお熱くはなりたくないのだが

――いや、俺も初恋の子と人前でも堂々とイチャイチャしたいと思っていたっけ。

……今では、どうなんだろうか？

俺はまだあの子とそういう関係になりたいと思っているのだろうか？

俺は少し胸に手を当てて考える。

思い出すのはあの子の笑った顔。その隣で一緒に笑っている自分の姿を想像すると
——そうだな、俺はまだあの子とそういう関係になりたいのだと思う。

だって、そのことを想像しただけで……胸が高鳴ってしまったのだから。

「そうだな、あの関係は少し羨ましいな」

「如月さんもそう思いますか？」

「あぁ——でも、お前だったらいつでもあんな風になれるんじゃないか？　今でも色んな男子から告白されてるんだろ？」

「そ、それはそうなのですけど……やっぱり、自分が好きな人とあんな風になりたいと言いますか……」

柊は何故《なぜ》か顔を赤くして俺の方をチラチラとみる。

「……ん？　俺の顔に何かついているのか？」

「な、何でもありません！　さ、さぁ！　早く席に座ってお昼ご飯を食べてしまいましょう！」

そう言って、慌てて空いた席へと座りに行く聖女様。

……お前、まだ料理できてないだろうが。

「はい、ミートスパとオムライス、ムカチャッカファイヤー丼二つ！」

「ありがとうございます」

どうやらタイミングが悪く、柊が立ち去った瞬間に料理ができてしまったようだ。

俺はおばちゃんから料理をもらうと、仕方ないので柊の分も持って席へと向かう。

柊は何を慌てていたんだろうか？　別に、慌てる要素もなかったと思うのだが……。

――それにしても、

「初恋も捨てられないなんて……随分と女々しいな、俺も」

一人、そんなことを呟《つぶや》きながら、柊が座っているテーブルまで料理を運ぶと、俺も隣の席に座る。

未《いま》だに、見つめ合いながら愛を確かめ合っている二人を放置して、俺達は先に飯を食べることにした。

それにしても……ムカチャッカファイヤー丼やばいな。真っ赤っかじゃねぇか。

あいつら、ちゃんと食べられるんだろうか？

六章　連絡先の交換と買い物

「教室で堂々と誘うのはやめてほしい」

夕刻。日が沈み始め、帰宅する生徒がちらほらと見え始めた頃。

カラスこそ鳴いてはいなかったものの、茜色《あかねいろ》の空が自然と帰宅と一日の終わりを告げているように思えた。

「え、えーっと……ご迷惑でしたか？」

隣を歩く柊《ひいらぎ》がおずおずと尋ねてくる。

今日も今日とて一緒に帰っているが、以前想定していた「俺、こっちだから」現象は発生しなかった。もちろん、帰る場所が一緒なので当たり前ではあるんだが。

「本音と建て前どっちがいい？」

「その切り出し方は絶対に迷惑って思っている証拠ですよね⁉」

「迷惑だ」

「取り繕ってほしかったです……」

柊があからさまにしょんぼりとした姿を見せてくる。

そうは言うが、教室の中で堂々と「一緒に帰りませんか？」と誘われれば迷惑に思うのは当然だと思うが？

想像を膨らませてほしい。こっちとら、颯太《そうた》みたいにイケメンでも学年で憧れるような人気を誇っているわけでもない一般人。

そんな相手に学校の人気者である柊が誘ってきたとなればどう思われるだろうか？

女性陣からの興味の視線、男子達からの嫉妬にまみれた視線。

そう、そういったことが起こるのは容易に想像ができる。

俺は柊と違って、数多《あまた》の視線に慣れていない。できることなら極力避けていたいんだ。

「というわけで、一緒に帰ること自体はやぶさかではないが、もうちょっとクラスの男子達に警戒してほしい……色々と困ったことになるからな」

「……そうですね」

柊は俺の隣で、小さく苦笑する。

「で、では……今度からどうやってお誘いすればいいのでしょうか？」

「そうだな……まぁ、予《あらかじ》め連絡しておくのが一番だろう。そうすれば、校門の前にどちらかが先に行って、後で合流するってことができるしな」

そうすれば、教室で嫉妬に狂った男連中にあんな目やこんな目を向けられることもないし、たとえ校門前でバレたところで翌日になれば忘れていることだろう……きっと。

大丈夫、証拠さえ残らなければ！　あいつら馬鹿だから！

「予め、ですか……」

柊は、何か考え事があるのか顎に手を当てて考え込む。

その間にも、俺達は家に向かって歩みを進める。

「で、でしたら……ッ！」

「ん？」

何か思いついたのか、聖女様は顔を上げて少し恥ずかしそうに口を開いた。

「れ、連絡先……交換しませんか？」

「いいぞ」

「即答ですか⁉」

「いや、別に連絡先を交換するぐらいいいだろ？」

「……私はこんなに勇気を出したのに」

何をブツブツ言っているんだこのお嬢さんは？

別に、今後も一緒に帰るのだったら、連絡先くらい普通に交換するだろうに……。

いきなり恥ずかしがったり、驚いたり――ま、まさか……ッ⁉

「さては……俺の連絡先をSNS上で拡散する気だな⁉」

「しませんよ⁉」

「個人情報は安易にネットに上げちゃダメなんだぞ！」

「だからしませんってば！」

あ、しないんだ……よかったぁ。今思えば、柊がそんなことするわけないもんな。

柊は美少女で優しくて、明るい上に学校での人気もすこぶる高い聖女様——ハッ⁉

「……柊の連絡先を男達に売ればかなり儲《もう》かるんじゃないか？」

「何てこと考えてるんですか⁉」

おっと、どうやら思考がよからぬ方向へと進んでしまったようだ。

まったく……ダメだぞ俺の思考！　そんなこと考えたら柊に失礼じゃないか！

「というわけで、早速連絡先を交換するか柊！」

「そ、そんな発言を聞いた後だと、交換したくなくなるのですが……」

「どうして⁉　さっきのは軽い冗談じゃないか！　本当はそんなこと思ってないのに！」

「はぁ……別にいいですよ。交換しましょうか」

そう言って、溜め息をつきながらスマホを取り出す柊。

「え、いいの？」

俺は思わず驚いてしまう。

正直、俺のあの発言を聞いて交換してくれないかと思っていたのだが……意外と俺って信用されていたのね。驚き。

「はい、もし私の連絡先で何かしようとすれば、深雪《みゆき》さんに報告しますので」

「信用してくれてないのね……」

なんということでしょう。これでは柊の連絡先で儲けることはできなくなってしまった。……藤堂《とうどう》にバレたら、本当に殺されそうだなぁ。冗談とかではなく本気で。まぁ、するつもりは毛頭ないのだが。

「……じゃあ、交換するか」

「はい♪」

そして、俺達はスマホを近づけて互いの連絡先を交換する。

「……ふふっ、如月《きさらぎ》さんの連絡先ゲットです♪」

しかし、連絡先を交換し終わると、何故か柊はスマホを抱えて喜んでいた。嬉《うれ》しそうに、時折ニヤニヤしながら、スマホの画面を何度も見る。

「何がそんなに嬉しいの？」

俺がそう聞くと、柊は慌ててスマホを後ろに隠す。

「い、いえっ！　別に嬉しくなんかないですよ⁉　如月さんの連絡先なんてもらっても全然！　これっぽっちも嬉しくないです！」

「……そこまで言うか？」

俺、傷ついちゃうよ？　ガラスのハートがすり潰された挙句に、ゴミ箱にポイされた気分だよ。そんなに嫌なら交換しなきゃいいじゃない。

「さ、さぁ！　早く帰りましょう！　早くしないと日が暮れちゃいますしね！」

そう言って、柊は小走りで俺の先を歩いていく。

俺はそんな柊の後ろ姿を見ながら、小さな溜め息と共に後を追っていった。

「……あっ！」

そして唐突に何か思い出したのか、柊が小さく声を出して立ち止まった。

「どうした柊？　忘れ物か？」

「いえ……お買い物しなくてはいけないことを思い出しまして……」

「そういえば、昨日家に何もないから夜ご飯を食べに俺の部屋に来たっけ？」

「はい……な、なので……」

柊は申し訳なさそうに口にする。

柊は買い物しなくては今日食べるものがないので、行かなくてはならない。

もしかしたら、今から俺と別れて一人で買い物に行くのだろうか？

――しかし、柊は確か暗いのが怖かったはずだよな？

そんな柊を一人で買い物に行かせてもいいのか？　まぁ、今まで過ごしてこれたのだから大丈夫だとは思うが……。

「……………」

正直、俺は買い物に行く理由はないけど……。

「じゃあ今から一緒に行くか」

「――ッ⁉　あ、ありがとうございます！」

俺がそう言うと、先程の申し訳なさそうな顔から一変、嬉しそうな笑みを向けた。

仕方ないじゃん。だってここで、俺だけ先に帰るのもおかしいし、女の子を暗い中一人で帰させるわけにもいかない。

しかも、柊は夜一人で買い物に行けないほど暗いのが怖いんだぞ？

それを分かっていて見て見ぬふりをするのは……流石《さすが》に、男としてどうかと思う。

――それに、

「やっぱり、如月さんは優しいですね！」

……こんなこと言われたら、男だったら誰だってそうするに違いない。

俺は、柊の嬉しそうな姿を見て少し胸が高鳴ってしまう。

「別に、俺もたまたま買い物に行きたかっただけだ」

「ふふっ、そうですか」

俺は照れている自分をごまかして、先を歩く。

その後ろを、柊が小さく微笑《ほほえ》みながらついてくる。

……あぁ、くそっ。顔が熱い。

◆◆◆

というわけで、俺達は家から近いスーパーにやって来た。

ここのスーパーは意外に大きいにもかかわらず、営業時間が二十三時までと、お客さんにはありがたい時間まで営業している。

俺達は買い物カゴを持って店内を見回る。

とりあえず、先に柊の買い物を済ませてしまおう。

そういう話になり、やってきたのは――

「こら、本当に君は花も咲く女子高生かね？」

「うっ……っ！　い、いいじゃないですか……」

インスタント食品売り場のカップ麺コーナーであった。

こいつ、迷わずにここに来たぞ？　本当にカップ麺しか食べていないのか……？

「だって、お湯を沸かすだけで食べられるんですよ？　三分でお手軽ですよ？」

男子が言いそうなセリフを、真剣な目で言いやがった。

「お手軽だからって、栄養が偏るだろ？　体調崩しても知らんぞ？」

「で、でも……私これしか作れないですし……」

カップ麺片手に落ち込む柊。

……こんな姿をクラスの連中が見たらどう思うのかね？　あの聖女様がカップ麺しか作れないんだぞ？　きっとみんな驚くに違いない。

けど、一人暮らしを始めてまだ日が浅いとはいえ、このままカップ麺だけの生活を続けていけば、いつか本当に倒れてしまう。

――どうしようか？　このまま柊を放置するわけにもいかないしなぁ……。

「もし……」

「はい？」

「お前さえよかったら俺が、その……料理を教えてやろうか？」

「……………」

俺がそう提案すると、柊は目を見開いて黙りこくってしまった。

（しまった、軽率な発言だったか……⁉）

きっと、柊は男に教わることに抵抗感があるのだろう。

教えるとなれば必然的に俺と二人きりになるわけだし、関わり始めてから日が浅いというのに何言っているんだと思っているかもしれない。

「い、いや！　このままだと本当にいつか倒れてしまうかもしれないし！　そ、それに、タダってわけじゃないぞ⁉　俺は掃除ができないから、たまに掃除を手伝ってくれればそれでいいし！」

だから俺は呆《ほう》けて黙りこくってしまった柊に、必死に下心がないことを説明する。

すると――

「ふふっ」

俺が慌てていると、柊が小さく笑った。

「大丈夫ですよ、如月さんが私のことを心配してくれているのは分かっていますから。その上で私に提案しているというのも理解しています」

「そ、そうか……」

俺はその言葉を聞いて少しほっとする。

だって、もし勘違いされたら俺が柊と一緒にいたいがために提案している男だと思われてしまうからな。決してそんなことないんだ……ただ、本当に柊の生活が心配なだけで。

「そのお心遣い、ありがとうございます。是非、お願いしてもよろしいでしょうか？」

「あ、あぁ……大丈夫だ」

「あと、材料費はちゃんと私が全部払いますからね？　流石に、教えてもらった上で材料費を払っていただくのは申し訳ないですし」

「いや、一人も二人も材料費は変わらないから別にいいぞ」

俺がそう言うと、柊は俺にグッと近づいてきて、人差し指を立てる。

「ダメです！　それでは私がもらいすぎですから！」

「俺も、掃除を手伝ってもらうしなぁ……」

「それはそれです！　掃除をお手伝いするくらいでは対価として釣り合いません」

引き下がらない柊。

昨今の女子はお金を出されるのを嫌う傾向があるとは聞く。多分、柊はそういう話と申し訳なさから「お金を全て出す」と言っているのだろう。

けど、女の子にお金を出してもらうって、正直男としては何か気分が悪い。

かっこつけたいというわけではないが、お金を払わないとどこか情けなく感じるのだ。

我ながらめんどくさい性格をしていると思うが、俺もここではあまり引きたくない。

「いや、本当に一人も二人もそんな変わらないからいいって」

「ダメです！　払わせてください！」

「払うって」

「ダメです！」

俺達は、譲る譲らないの口論をインスタント食品売り場で繰り広げる。

互いに徐々に声量を上げていきながら。

しばらくして、俺達は周りの注目を浴びていることに気付き、早足でその場を離れた。

結局、「よくよく考えれば折半でいいのではないか？」ということに気が付き、材料費は折半することで落ち着いた。

……本当に、騒いでしまってすみませんでした。

◆◆◆

「それで、いつから教えていただけるのでしょうか？」

インスタント食品売り場を離れ、俺達はスーパーの中を見て回っている。

というのも、俺もこれといって買いたいものはなく、柊もカップ麺以外には特に買いたいもの（※食べられるもの）がないため、とりあえずぶらぶらしているのだ。

「そうだな……柊はいつからがいい？」

「そうですね……できれば今日から、というのが一番嬉《うれ》しいのですが……」

「今日か……別にいいが、俺は弁当が残っているからなぁ」

どうせ教えるなら、作った料理はその日のご飯にしたい。

しかし、今日は学食に行ってしまったために、朝作った弁当が残っている。

ちょっとタイミングが悪かったな……。

「私が教わる立場なので、如月さんのご都合にお任せしますよ」

そう言って、柊はにっこりと笑う。

「しかし、そうは言うが……今日教えなかったらお前はカップ麺を食べる気だろ？」

「うっ……！　そ、そんなことありませんよ……」

柊は気まずそうに顔を逸《そ》らす。

「よし、だったらその後ろにあるカップ麺をどうして持っているのかご教授願おうじゃないか」

「こ、これは……お料理の参考になるかと思いまして……」

「なんねぇよ」

お湯を沸騰させて注ぐだけの料理が何の参考になるっていうんだよ。

「後ろに持っているカップ麺を早くこちらに渡しなさい。体に悪いでしょ」

俺は溜め息をつきながら、柊から無理矢理カップ麺を奪い取る。

「あぁ……っ！　ペヤ○グの新作が！」

「どんだけ食べたかったんだよ……」

本気で心配になってくるなぁ……。

カップ麺を取り上げられただけで、こんなにも悲しそうな表情をしているんだぜ？

本当に、この子は女子高生なのかね？　今時の女子社員でもこんなこと言わねぇよ。

「はぁ……早いうちに教えないとお前の健康面が心配になってくるから、今日から教えるぞ。もちろん、俺が教えている間はカップ麺禁止だからな」

「そ、そんなぁ……」

「そこまで落ち込むことか……？」

俺がそう言うと、がっくり肩を落とす柊。

どんだけカップ麺が好きなんだよ？　親御さん、娘さんに今まで何を食べさせてあげてたんですか？　家族じゃない俺でもこんなに心配になってきますよ。

「まぁ、いいや。とりあえず今日は簡単なものを作るか。今日は柊の食べる分だけ作って、徐々に覚えてもらう」

「はい……」

俺は今日の方針を決めると、カートをもって店内を再び見て回った。

そして、その後ろを元気のない柊がついてくる。

(はぁ……ちょっとぐらいはいい、のかな?)

柊の姿を見て、俺は何度目になるか分からない溜め息をつく。

ここまで落ち込まれたら、何故《なぜ》か不思議と罪悪感が湧いてくるのだ。

これが聖女パワーなのか? と思いつつも、俺は先程取り上げたカップ麺をカゴに入れる。

(……少しぐらい、頑張った時のご褒美《ほうび》があってもいいだろ)

そんなことを思ってしまう俺は、どこか甘いのかもしれない。

◆◆◆

すっかり暗くなってしまった夜道を、俺と柊はスーパーの袋を持ちながら歩いている。

結局、一人分しかない我が家の冷蔵庫の材料を足すような形で買い物を済ませた。

……まぁ、我が家にはないカップ麺が一つ入っているのだが。

「そ、それで……お料理はどちらの部屋で教えていただけるのでしょうか？」

柊は、俺の制服の袖を摘みながら、上目遣いで聞いてくる。

……本当に、暗いのが怖いんだなぁ。

スーパーから出た時からずっとこうなのである。

柊は外の暗さを見た瞬間、肩を震わせてこうして俺の袖を握ってきた。

まさか、俺も柊がここまで怖いだなんて思っていなかった。

どうせ街灯の明かりもなくて、周りに誰もいない状況で一人いることが怖いとか、極端な静かさと暗さに怯《おび》えているのだろうと思っていたのだ。

しかし、今は人もちらほら見かけるし、街灯も薄暗くはあるが灯《とも》っている。

それでも、彼女は怖いのだ。それは、袖を摘まむ柊の手が震えていることで分かってしまう。

「そうだな……とりあえずは俺の部屋でやろうか」

そんな柊を少しでも安心させるように優しい声で話す。

……怖いものは、怖いもんな。

「い、いいのですか？　教えてもらうだけではなく、場所まで提供していただいて……」

「いいもなにも、お前の部屋にまともな調理器具があるのかね？　うぅん？」

「……ポットくらいはあります」

「お湯しか沸かせねぇじゃねぇか」

それだけで料理ができるわけないだろ。

「まぁ、いずれ必要になるから、今度一緒に買いに行くか？」

「そ、そこまでしていただけるのですか……？」

「ここまできたら、しっかり付き合うさ。あと、今度はもっと明るい時間に行こうな」

そう言って、俺は袋を持っていない反対の手で袖を摘まんでいる柊の手を振り払った。

「……あっ」

柊は少し驚き、不安そうに振り払われた手を申し訳なさそうに引っ込める。

けど、俺はその手を掴《つか》んで優しく握った。

「ありがとうございます如月さん……」

「何のことかね……」

「いえ……」

そして、柊はどこかほっとした表情で小さく笑う。

「これは、安心しますね……」

「左様ですか」

すると、柊は俺の手を握り返してくる。

その手の震えは、握っている俺の手からは伝わらなかった。

（こんなことをしてもいいのか不安になるな……）

我がクラスの聖女様と手を繋《つな》いで帰るなんて。

まだ柊と関わり始めてから二日だ。なのに、こんなことをしてもいいのかね？

馴《な》れ馴れしいと思われただろうか？　気持ち悪いと思っただろうか？

俺はチラリと横を見る。

そこには、少しだけ顔を赤らめた聖女様の姿があった。

（まぁ……本人が嫌がっていないならいいか）

安心させるにはこれが一番だと思ったのだ。決して、俺に下心があるわけじゃない。

誰に言い訳しているか分からないが、俺達は我が家へと向かって帰るのであった。

閑話　彼に近づいたことで

（※ステラ視点）


「……はぁ」

私は自室のベッドで溜め息をつきます。

時刻は夜の十時前。

私はお風呂《ふろ》に入り、歯磨きや就寝前のケアもして就寝の準備を終えました。

あとは寝るだけ。

なので、私はベッドへと潜り込みます。

「今日は如月《きさらぎ》さんにたくさんご迷惑をおかけしてしまいました……」

私達はお買い物を終えて如月さんの部屋へと到着すると、早速如月さんは私に料理を教えてくださいました。

今日は簡単に作れるものということで野菜炒《いた》めをすることになりました。

見事に成功！　——というわけではなく、失敗。

野菜は如月さんに切っていただいたので、私の役割は炒めるだけ。

何でも今日は遅いし、野菜の切り方はまた今度教えるということだったので今回はフライパンで均等に炒めることを教わりました。

如月さんも「これなら失敗しないだろう」と言っていたのですが――フライパンって案外扱いが難しいのですね。

均等に炒められるように菜箸を使って野菜を動かしていたのですが、いつの間にか野菜が焦げていたのです。不思議です。

如月さんも何が起こったか分からないという目をしていましたし、フライパンが悪かったのでしょうか？

結局、野菜炒めは如月さんが代わりに作ってくれて、何とか私は夜ご飯を食べることができました。

如月さんは終始疲れていたご様子でしたので……かなり、申し訳ない気分になります。

それでも、最後は笑って「また練習しような」と言ってくれたので、私は少し救われた気分になりました。

そして、明日の朝はトーストの作り方を教えていただけるそうです。

でないと、私の朝ご飯が心配だからということで。

……トーストぐらいできますよ。

と、言えればよかったのですが、残念ながら一度も作ったことがないので分かりません。

何せ――私は今まで一度も自分で料理を作ったことなんてなかったのですから。

今までは黙っていれば誰かが私に料理を作ってくれましたので。

……今となれば、あの時しっかり教わっていればと思います。

けど、誰が教えてくれるのでしょうか？

叔母さん？　友達？　お手伝いさん？　――いえ、誰も教えてくれませんね。

しかし、そのおかげもあって、こうして如月さんに教えていただくことができるんです。

如月さんには申し訳ありませんが、私はそのことを嬉《うれ》しく思います。

私は枕に顔を埋《うず》めながら、思わずにやけてしまいます。

「しかし、今思えば私って結構はしたない女だと思われていないでしょうか？」

助けていただいた時から彼のことが気になり始めて、私は関わりを持とうと動いてきました。

一緒に帰りたいとお願いしたり、お昼ご飯を一緒にと誘ったりもしました。

そして……夜ご飯をご馳走《ちそう》していただきましたし……。

こ、これって関わりをもって二日目にするような行為なのでしょうか⁉

夢中になってしまって考えていませんでしたが、私ってかなり積極的な行動していませんか⁉

そのことを思い、私は恥ずかしくなって足をバタつかせます。

埃《ほこり》が舞ってしまうので、本来はしてはいけないのですが、それ以上に恥ずかしさが上回ってしまいました。

で、でも！　これは如月さんも悪いと思うのですよ！

あんなに優しいですし、一緒にいて楽しいですし、頼りになりますし！　だから、私がこんなになるのも仕方がないと思うんです！

結論、私がはしたないのではなくて、如月さんにも問題があるということなんです！

私は一人、責任転嫁《てんか》をして自分の考えを纏《まと》めます。

（……しかし、如月さんみたいな人と出会ったのは本当に初めてですね）

今まで私が関わってきたのは、亡くなった両親、叔母さん、いつも私に頭を下げる人、優しくしてくれる同年代の人達だけでした。

それは何を思って私に関わってくれたのでしょうか？

顔？　知名度？　評判？　……いえ、全部なのかもしれませんね。

今まで出会ってきた人は私の中ではなく外を見ている人ばかりでした。

——けど、

「如月さんは……違いました」

私と話すときは目を見てくれるのです。

私の機嫌や顔ではなく……中身を。しっかり、あの少し鋭い瞳で見てくれました。

それに、初めて話した時のあの言葉。

『俺はできるだけお前と関わりたくないんだ。ぶっちゃけ、誰にでも張り付いたような表情をするお前を見ているとイライラするんだよ——お前は、本当に根っこの部分も優しいのかもしれないが、自分の気持ちを押し殺して誰にでもニコニコしているお前が……どうにも気に食わない』

「流石《さすが》に、あれには驚きましたね……」

始めは驚くのと同時に、苛立《いらだ》ちが込み上げてきました。

仕方ないと思うのです。多分、誰だってそう思うに違いありません。

けど……そんなことを言ってくれたのは如月さんだけでした。

だからこそ、私は彼が気になり始めました。

そして、彼と関わっていくうちに――

「……この気持ちは、何なのでしょうか？」

私は胸に手を当てます。

彼と一緒にいる度に、彼のことを思い出す度に――胸が高鳴ってしまいます。

この気持ちの正体は私には分かりません。

病気なのか？　とも思ったのですが、体に異常は感じないです。

（今度、深雪《みゆき》さんに相談してみましょう……）

私は考えることを後回しにして、枕を下にして目を瞑《つぶ》ります。

……今日は、もう寝ることにしましょう。

明日も朝早くから如月さんのお部屋に行かなくてはいけないのですから、寝坊してしまってはいけません。

（……けど、明日も如月さんに会えるのですね）

そう思うと、私は嬉しい気分になってしまい、気分が高まってしまいます。

折角の睡魔も、彼方《かなた》へ消えてしまったような気がします。

（うぅ……っ！　眠れませんっ！）

結局、私が眠りについたのは、それから一時間後のことでした。

七章　初恋相手

柊《ひいらぎ》に料理を教えてから次の日。
俺は今、様々な視線を浴びてクラスの注目の的となっていた。
授業中にもかかわらず、皆さんの視線は比較的後ろの俺の席を向いている。
おかげで授業に集中できないよ、ボーイ達。
この品行方正、容姿端麗、成績優秀の僕に何かあったらどうするのかね？　ぅうん？
何かあったら、先生からの評価が下がってしまうじゃないか。
――と、嘆いても仕方がない。
何故《なぜ》こうも注目を浴びているのか？
説明する前に、とりあえず軽い回想だけ入れておこう。

～回想～

今日の朝はいつも通り起床して、身支度を済ませたあとは軽く朝食の準備をしていた。

といっても、サラダに飲み物を二人前用意するだけ。

そして、しばらくして柊が制服に身を包んでやって来た。

朝っぱらから聖女様の顔を拝めるなんて幸せだなぁ……と思う人もいるが、俺は正直その気持ち以上に「失敗しないかな？」という不安の方が勝っていた。

まぁ、今日はトーストを焼くだけだ。

ちゃんとトースターに食パンをセットして時間を設定すればいいだけなので失敗するはずがないだろう。

……と、思っていたのです。

『え、ここに食パンを入れればいいのですか？』

『待て柊、君は何枚入れるつもりだ？　このトースターでは十枚もいきなり焼くなんて、どう見ても無理だろ』

『何か変な匂いがしますね……』

『貴様……ジャムを塗ったままトースターに入れたな？』

などなど。

最終的にはちゃんとできたのだが、そのおかげで何枚もの食パンが犠牲になってしまった——安心してください、ちゃんとスタッフではなく当事者が美味《おい》しくいただきました。

というわけで、朝飯を終えた俺達は本日が二回目である『一緒に登校』をした。

そして、俺の必死の熱弁により、「今後、学校前まで来たら別れて教室に行く」という話になった。

最後まで柊は不機嫌だったが、こればっかりは仕方がない。

というわけで、俺達は途中までは一緒に登校して、後はバラバラで教室まで向かったのだ。

そして、俺が柊より後に教室に入ろうと下駄《げた》箱で靴を履き替えようとした時。

「おはよう真中《まなか》」

「おはよ、如月《きさらぎ》」

「おう、おはようさん」

後ろから、一緒に登校してきた親友カップルが声をかけてきた。

「あんた、今日はステラと一緒じゃないの？」

「あぁ……途中までは一緒にいたな」

「なるほど……それもそっか」

颯太《そうた》はどうやら理解してくれたようだ。

どうにも、最近視線を浴びる機会が増えたのに一向に慣れる気配がない。

メンタルケアのためにも、よからぬ嫉妬や興味の視線を避けたいと思うのは当然だ。

「んじゃ、教室に行くか」

「そうだね」

靴を履き替えた俺達は教室に向かって歩く。

すると、学校掲示板の前で大きな人だかりができているのを見つけてしまった。

「朝っぱらから何だ？」

「さぁ？　生徒会長でも変わるんじゃないかしら？」

俺と藤堂《とうどう》は「興味ありません」という風に軽く流して先を歩こうとする。

けど、颯太は違ったようで、必死に人だかりの中から掲示板を覗《のぞ》こうとした。

——そして、

「真中、教室に行くよ」

何かを発見したのか、颯太は血相を変えて俺に向かって小声で話してきた。

「どうしたんだよ？　そんなに慌てて？」

「いいから」

疑問に思う俺を他所《よそ》に、颯太は俺の手を引いて急いで教室へと向かった。

俺、男に手を握られる趣味ないんだけどなぁ……。

それから、俺達は早足で教室に着いた。

藤堂も俺も、何故颯太はこんなに慌てているのだろう？　と疑問に思っていた。

……けど、多分この時からだろう。

俺の嫌な予感がピンピンと探知機のように反応していたのは。

「なぁ……？　俺、すっごい見られてないか？」

「そうね……興味、嫉妬、憎悪《ぞうお》——ありとあらゆる視線があんたに注がれているわね」

「颯太じゃなくて？」

「あんたにね」

「おかしい……侮蔑と嫌悪《けんお》の視線は全て颯太のものだと思ってたのに」

「待って、僕はそんな視線を所有物にしてないからね？」

そう、教室に入った俺は何故か「おはよう」の挨拶ではなく様々な視線をプレゼントされていたのだ

女子からは黄色い視線。男子からはどす黒い黒と赤とグレーの視線。

……俺、賢いから分かっちゃうんだ。

あの男子の視線って『殺気』って言うんだよね！

「颯太、教えてくれ。俺の身に一体何があったんだ……？」

俺は心配になって、隣にいる颯太に尋ねる。

「うん……昨日、夜に柊さんと一緒に帰らなかった？」

「ん？　一緒に帰ったな？」

「その時、手を繋《つな》いで帰らなかった？」

そんなことしたっけ？

俺は腕を組みながら、昨日のことを思い出す。

（……あぁ、したわ。柊が怯《おび》えていたから安心させようと思って握ったわ）

「繋いだな」

「……やっぱり」

そして、颯太は頭を抱えながら大きな溜《た》め息をついてしまった。

何故そんなに深刻そうな顔をする？

……本当に、俺の身に何が起きたんだってばよ？

「いい、真中？」

「ん？」

「さっき、真中と柊さんが二人で手を繋いで帰っている写真が校内新聞に載っていて、それが学校掲示板に貼り出されていたんだ」

～以上、回想終了～

思ったより回想長かったですね。

いや～、朝から濃い時間を送っている青春ボーイは本当に辛《つら》いねっ！

誰か、青春に憧れた人はいないかい？　よければ代わってあげるよ……本当に、辛いから。

だって、今は授業中だからいいんだよ？　これが休憩時間になってみなさいよ？　他クラスから色んな人が我がクラスに押しかけてきて、「聖女様と仲良く一緒に帰っていた男」を探そうとするんだよ？

……まぁ、探すだけならまだマシだ。

――――それよりも、

『こら、お前たち授業中だぞ？　どうしてお前らは後ろを向いているんだ？』

『羨ましくて』

『うらやましくて』

『ウラヤマシクテ』

男共が本当に怖い。ひと単語しかないから余計に怖い。

藤堂でもあるまいし、身の危険はないだろうとは思っているんだが……どうにも、背筋に悪寒《おかん》が走るような視線だ。

そんな視線を浴びながらも、泣く泣く授業を受けていった。

◆◆◆

「さて……皆でこの現状を打破するために、作戦会議といこうじゃないか」

現在、午前中の授業も終わり、俺達は楽しく食堂で昼飯を食べていた。

しかし、俺は至って真面目に、集まった三人に向かって言葉を放つ。

「まぁ……確かに、この状況はまずいよね……」

俺の言葉を聞いて、颯太は周りを見渡す。

周囲には楽しく学食に舌鼓《したつづみ》をうっている生徒——ではなく、妬み嫉《そね》みを放つ生徒で溢《あふ》れかえっていた。

そして、その対象は……俺。

みんなフォーク片手に歯ぎしりなんかしてますよ。

あぁ、やだやだ。人気者は辛いねぇ。え？　羨ましいって？　さっきも言ったけど、代わってあげようか？　おじさんがお小遣いをあげるから代わってほしい。切に。

「すみません……私のせいで……」

横ではしゅんと肩を落として落ち込んでいる柊の姿。

「気にするな……元はと言えば、俺が手を繋いだせいでもあるからな」

「うぅ……で、ですが！　私も何とかするために協力しますから！」

うんうん、偉いねぇー。頑張ってくれるなんてお兄ちゃん嬉《うれ》しいよ。

「そうだな、是非頼むわ。お前も、俺と付き合っているっていう噂《うわさ》を流されて迷惑してるもんな」

そう、問題は殺気立っている男子達だけではない。

あの写真を見た大体の女性陣と男子陣の間で俺達が付き合っているのではないか？　という噂が流れている。

このまま放置すれば、あっという間に学校中に広がってしまい、訂正することが難しくなる。だから、広がり始めている今のうちに何とかしないといけないのだ。

「べ、別に……迷惑とかじゃ……」

「ん？」

「な、なんでもありません！　さぁ、早く解決しないとですね！」

どうしたんだろうか、柊は？

小声で何か呟《つぶや》いたかと思えば急に慌て始めて……変なやつ。

「なんで私まで協力しないといけないのよ……」

そして、颯太の横で溜め息をつきながらパスタを食べる藤堂。

「友達の危機なんだ。助けてくれたっていいだろう？」

「いやよ、なんでこんなことであんたを助けないといけないの？」

まったく……冷たいお友達なこと。

こんなやつのどこがよかったのかね颯太は？

……やむを得まい。あれを使うしかないようだ。

「なぁ、藤堂」

「何よ？」

「もし、この現状を解決するために協力してくれたら、俺が持っている颯太の昔の写真を
「協力するわ」流石《さすが》だ、藤堂」

即答で、俺に協力を申し出てくれた。

颯太Ｌｏｖｅのお前なら協力してくれると信じていたぞ。

「ねぇ、なんで真中が僕の昔の写真を持ってるの？」

「あぁ、いざって時用にお袋さんからもらったんだ」

「何してるの母さん……」

颯太は頭を抱える。

何をそんなに疲れているのかね我が親友は？　別にいいじゃないか。お袋さんのおかげで、こうして仲間が増えたんだから。本当に、お袋さんには感謝感謝である。

「まぁ、とにかくだ。一番手っ取り早いのは犯人を見つけることだな。その上で校内新聞の内容は否定してもらって、それを学校中に流してもらう」

「そうだね」

「ですが、犯人ってどんな人なのでしょうか？」

柊は顎に指を当てて考える。

「俺が予想するに、犯人は新聞部の生徒か、新聞部に所属している生徒、正式に許可をもらって新聞部に出入りしている生徒の三人だ」

「全部同じ人に聞こえるんだけど……」

いけない、少しばかり唐突な事態に冷静さを失っていたようだ。

「馬鹿だから仕方ないわね」

本当に……冷静さを失っていたようだ……ッ！

「ですが、新聞部が校内新聞を書いたとしても、写真を撮った人と同じであるとは限りませんよ？」

確かに、もしかしたら新聞部は記事を書いただけで、実際に写真を撮った人とは別人かもしれない。

噂を消しても元の写真データが残っていれば、またどこかで噂が復活するかもしれない。どちらかといえば今回は記事の内容でなくて、写真が問題なのだから。

記事の内容は否定できる。けど、写真だけは否定しきれないからな。

「大丈夫だ、そこは考えがある」

「そうなんですか？」

「あぁ、どちらにしろ校内新聞を作ったのは新聞部だ。そいつらに写真提供者を聞き出せばいいからな」

「なるほど……」

納得していただけたようで何より。

「でも、そう簡単に情報を教えてくれるかな？」

「あら？　それは大丈夫だと思うわよ？」

「どうしてなの、深雪《みゆき》？」

「だって、体に聞けばいいだけのことじゃない」

……流石だ藤堂。

その暴力的発言を躊躇《ちゅうちょ》なく、澄み切った眼《め》で言えるなんて……将来が末恐ろしいな。

「藤堂の言う通りだ。たとえ口が開かなくても、体に聞けば一発で分かるからな」

「口を開かなかったら聞けないと思うけど……」

そんなことないさ。

金属バット、あるいは藤堂御用達《ごようたし》のスタンガンを持ってさえいれば、基本的に体はよく喋《しゃべ》ってくれるから。

まぁ……最終的には口も開くと思うがな。

「そして、そこで新聞部が写真を撮ったなら、写真を消してもらうようにお願いをして、他に提供者がいるなら、そいつにお願いをする」

「もちろん、お願いの方法は――」

「あぁ……躊躇《ためら》わずに体にお願いだ」

「ふふっ、よく分かってるじゃない」

当たり前だ。

どうすればお願いを聞いてくれるかなんて、藤堂という猟奇的な少女が身近にいる俺は
——熟知しているのさっ！

「桜木《さくらぎ》さん……私、この二人が少し怖いのですが……」

「うん、それは僕も思っているよ……」

「……平和的解決は？」

「……しないだろうね」

「な、なんだか、あそこで騒いでいる人達と二人が同じように見えてきました……」

何をヒソヒソと話しているのかね柊と颯太は？

こっちは真面目に作戦会議をしているというのに、集中してほしいものだ。

「じゃあ、早速放課後、新聞部に会いに行くか」

「ええ」

「そうだね……」

「そうですね……」

こうして、とりあえずの方針は決めて、俺達の作戦会議は終了となった。

見てろよ犯人……必ずこの噂を消して見せるからな！

◆◆◆

そして授業も終わり放課後。今日一日は散々なものだった。

まさか、聖女様の影響がここまですごいなんて思わなかった。

授業中、小休憩問わずありとあらゆる視線が俺に集中していた。

そして、女子達からは「え？　如月くんって聖女様と付き合ってるの？」と聞かれるし、男子達からは「エ？　オマエッテセイジョサマトツキアッテルノ……？」という文字だけ一緒、意味合い別なお言葉をいただいたりもした。

……ほんと、注目を浴びるって精神的にも辛《つら》い。

柊って、よく今までこんな注目浴びても平気だったよなと感心してしまう。

けど、それもこの放課後で終わり。

早く犯人を見つけて、噂を撤回してもらわないといけない。

だから、俺達は新聞部へと──

「行こうとしてたんだけどなぁ……」

ぶらぶらと、人気のない廊下を練り歩いている。

行く当てもなく、俺はただただ周囲を見渡しながら茜色《あかねいろ》の陽射《ひざ》しが射《さ》し込む景色を追っていた。

「なんで俺だけ人探しなんだよ」

というのも、新聞部が全員揃《そろ》って部室にいるとは限らない。

もし、全員が揃っていなかった場合解決は先延ばしになってしまう。そのため、取材をしているであろう生徒がもしいれば捕縛するということで、俺だけ探すことになったのだ。

向こうは藤堂達が何とかしてくれるだろうし、こっちももしかしたら力技が必要になるかもしれない。

つまるところ、役割分担は完璧。正直、探す方が人員がいるような気がせんこともないが……まぁ、大体が新聞部にいるだろうし、そこまで取材に出ている生徒もいないとは思うので一人でも十分かもしれない。

それに、もう帰ってる生徒もいるだろうしな。

ただ――

「久しぶりに一人になったわけだが……存外寂しいもんだな」

最近は一人でいることが少なくなった。

颯太と藤堂という友人はいたものの、大きな変化を与えたとすれば柊という少女だろう。

イギリス人の母親から譲り受けた日本人離れした容姿。お淑《しと》やかな雰囲気を醸《かも》し出し、同じような笑顔しか振りまいていなかったものの、過ごしていくうちに愛嬌《あいきょう》が顕著に見えてきた。

　英語が苦手で料理もできず、俺の部屋で料理を教えることになった。

　代わりに部屋の掃除をやってもらうことになってはいるが……俺も自分でできるようにならないとなぁ。

　更に言ってしまえば、最近は登下校も昼休憩も一緒に過ごすようになった。

　学校、放課後。振り返ればどこにでも、今は柊の姿が横に映ってくる。

「すっかり馴染《なじ》んじゃってまぁ……」

　気に入らないと悪態をついていた俺はどこに行った？

　今では、抱いていた不快感など覚えさせないほど、俺の周りに馴染んでるじゃねぇか。

　ほんと、昔なら想像つかなかった――あの聖女様とここまで深く関わるなんて。

　おかげで、今回みたいに少し何かスキャンダルがあれば学校中に広がってしまうのだが。

　それもこれも、柊が人気者すぎるせいだ。

　もうちょっと普通でいてほしい……いや、どちらかというとうちの学校の生徒が囃《はや》し立てているだけか。

「ほんと、この学校って変なやつばっかだよなぁ……」

誰かいないかと近くの教室に入りながら、思わず愚痴が零《こぼ》れる。

もしかしたら、俺もそのうちの一人に入っているかもしれないが、今は周囲の生徒の方が格段に上だと思えるな。

すると――


「それ、如月くんが言っちゃうかな~?」


教室の隅からそんな声が聞こえた。

懐《なつ》かしい声だ。中学時代に、その声を追いかけていた気がする。

ずっと、ずっと――幻想に縋《すが》る亡者《もうじゃ》のように、見えない結末と結果をその声を頼りに追いかけていた。

今思えば、取り憑《つ》かれている間は、景色がセピア色に輝いていたような気がする。

俺は恐る恐る教室の隅を見やる。

そして、そこにいたのは――

「やっほー! 久しぶりだね如月くん!」

明るく、可愛《かわい》らしく手を振る、初恋相手の姿だった。

「ど、どうしてここに……？」

「おかしなこと聞くね～。ここ、私の教室だよ？」

「そ、そうなのか……」

俺は現状に驚き、上手《うま》く言葉が出なかった。

彼女が同じ学校に通っていたことや、ここが彼女のクラスであること、何故《なぜ》か放課後に一人でここにいることに。

俺は頭が一瞬だけ真っ白になる。

「てっきり、違う学校に通っているものだと……」

初恋が破れてしまったあの時から、神無月《かんなづき》のことは調べようとも知ろうともしなかった。

故に、今まで出会ってなかったから違う高校に進学したのかと思っていた。

「ふふっ、そうだよね～。如月くんとは入学して以来今日、初めて会ったもんね」

口に手を当て、可愛らしく微笑む初恋相手――神無月沙耶香《さやか》。

透き通った肌に黒い髪と瞳。そして、可愛らしいその仕草。

それを見る度に、俺の胸が最高潮に高まっていくのを感じる。

彼女が同じ学校に通っていることに。

こうして話せていることに。

俺は嬉《うれ》しくて、顔が熱くなっている。

……あぁ、やっぱり。

俺は未《いま》だに彼女のことが好きなんだ。

俺はそのことを再認識するのであった。

◆◆◆

「それで、どうして如月くんはここにいるのかな？」

夕日が差し込んでいる教室。

少しだけ明るくなってきた場所で、俺と神無月は顔を合わせている。

「あ、あぁ……ちょっとしたかくれんぼしてたから……かな？」

新聞部の生徒を捕縛するための表現にかくれんぼを使うとは、我ながら可愛らしい表現をしてしまったものだと感心してしまう。

「ふうん、相変わらず如月くんは面白いね～、高校生にもなってかくれんぼだなんて～」

「ははは……」

俺は乾いた笑いしかできなかった。

蓋を開ければ新聞部の生徒を探し出して捕縛し、写真を消せと脅す行為がかくれんぼだと思わないだろう。

「そ、それで、神無月はどうして一人で教室に残っていたんだ？」

俺は現実逃避するかのように話題を逸《そ》らす。

「うん！　今日私が日直だったから、日誌をつけてるの！」

「そっか……」

それにしては神無月の周りに日誌が見当たらないのだが……気のせいか。

もしかしたら、先生に提出した後かもしれないしな。

「そういえば、如月くんって今有名人だね～」

「有名人？」

はて、何のことだろうか？

入学して二か月目で、俺はどうして有名になっているのかね？

「掲示板見たよ～。あの聖女様とお付き合いしてるんだね！」

「Damn it!」

くそぅ！　すでに学校中にその噂《うわさ》が広まっていたとは!?　しかも、神無月にまで知られてしまっていたなんて……！

「ち、違うんだ神無月！　俺は柊と付き合ってなんかいない！」

「そうなの？」

「あぁ、俺が好きなのは今でもお――」

口にしてしまいそうだった言葉を、俺は寸前のところで止める。

……危ない。必死のあまり、変なことを口走ろうとしていた。

『今でもお前が好き』なんて、言っちゃダメなのに……。

「お？」

「な、何でもない、気にするな……」

「ふぅ～ん……」

彼女は俺の言葉を聞いて何を思ったのか？

神無月は俺の方を見て、何か考えるような仕草をした。

「(この反応は……まだ、私のことが好き？　うーん……態度を見ている限りそっちの方が可能性は高いよね。ふふっ、おっかしぃ～♪)」

「ん？　何か言ったか？」

「ううん、何でもないよ！」

「そうか……」

何か小声で言っていたような気がしたのだが……俺の気のせいなのだろうか？

「ねぇ、如月くん……」

そして、何故か神無月は自分の席から立ち上がり、俺の方へと近づいてくる。

「な、なんだ？」

「如月くんって、今彼女いるの？」

「いないが……」

どうしてそんなことを聞いてくるのだろうか？

単純に興味から来たのか？　それとも俺のことを少しだけ狙っていて、聞いているのか？

いや……これは自惚《うぬぼ》れだな。もし仮に、後者だとしても神無月には関係ない……。

――だって、彼女には彼氏がいるのだから。

「そっか～♪」

そして、少し嬉しそうに口にして俺の横に座る。

待て待て待て！　何で俺の横に座ったんだ⁉

近い！　もう、何で肩が触れそうなほど近くに寄って来るの⁉　そんなことされたら、

顔やら匂いやら意識してしまうでしょうが⁉

俺の心臓は、彼女が近づいてきたと同時に、バクバクと音を奏《かな》でる。

そして、俺はあまりの現状にパニックになっていた。

「ちょ、ちょっと離れてくれない⁉」

「え、いいじゃ〜ん！」

「よくない！」

ぶーっと、頬《ほお》を膨らませた神無月は俺から少し離れてくれた。

……危ない。このまま近くに座られたら、俺の心臓が持ちそうにない。

他の女の子ならこんなことにならないのに、神無月だとこうなってしまう。

やっぱり、恋の影響力ってすごいな……。

そして、そんな恋を捨てられてない俺は――惨《みじ》めだ。

彼女を見て胸が高鳴ってしまう度に、そう思えてくる。

「ん？」

すると、突然何かに気付いたのか、神無月は教室の入り口の方を振り向いた。

「誰かいたのか？」

「ううん、誰もいなかったよ！」

　そっか……この瞬間を誰かに見られてしまったのかと思ったのだが——杞憂《きゆう》でよかった。

「えいっ！」

　誰もいなかったことに安心していると、不意に神無月が俺の腕に抱き着いてきた。

「お、おまっ⁉　何を⁉」

「いいじゃん♪　久しぶりのスキンシップだよ！」

「ひ、久しぶりって……」

　俺は、彼女の行動に頭がパニックになっていた。

　え？　なんで？　何してるの？

　俺の、腕に、神無月が、抱き着いてきた？

　柔らかい感触と、彼女のいい匂いが、俺の頭の中を支配する。

　時折、神無月は教室の入り口の方をチラチラと見ていたが、俺には気にする余裕もなかった。

（面白いことには唾つけとかなきゃ！　ね、聖女さん？）

◆◆◆

（※ステラ視点）

（え……？　こ、これってどういう状況ですか⁉）

私は、教室の入り口のドアの物陰に隠れながら驚いていました。

私と藤堂さん達は新聞部に向かい、写真の削除と否定の新聞を出すようにお願いしてきました。

そこで、藤堂さんの手腕？　により、無事お願いを叶《かな》えてくれるよう約束してもらい、私は「終わりましたので探す必要はありませんよ」と、報告するべく如月さんを探していました。

そして、如月さんの声が聞こえてきたと思ってこの教室にやって来たのですが――

（この状況は一体何なのでしょうか⁉）

如月さんが楽しそうに、一人の女子生徒と話しています。

声こそ戸惑っているように聞こえましたが、嬉しさが乗っているように感じました。

（あの人は……どなたなのでしょうか？）

私が見たこともない人。しかも、とても美しくて可愛《かわい》らしい人です。

私が出るに出られず、恐る恐るその光景を覗《のぞ》いていると、不意に女の人がこちらを振り向きました。

思わず、私は身を隠してしまいました。

(気づかれてしまったのでしょうか……?)

そして、こちらから如月さんの方に視線を戻すと——

(……え?)

如月さんの腕に抱き着いたのです。

そのことに、私は驚きを隠し切れませんでした。

如月さんも同じ気持ちなのか、目を白黒させています。

どうして、女の人はそのような行動をしたのか、私には分かりません。

——けど、

「あ、れ……?　胸が、苦しいです……」

二人を見ていると、何故《なぜ》か私の胸は苦しくなってきました。

自然と、涙が零《こぼ》れそうになるほど。

どうして……こんなにも胸が苦しくなるのでしょうか?

私は……ただ、二人の様子を見ていただけだというのに。

「苦しいです……本当に、苦しいです……」

私は覗くのを止め、一人教室の前で膝を抱えました。

八章　解決と聖女様の悩み

「いやぁ～、何とかなってよかったな～」

「そうですね……」

俺達は薄暗い道路を一緒に歩いている。

辺りには下校中の生徒はほとんどおらず、近くを歩いているのはサラリーマンだけしかいなかった。

結局、俺は神無月《かんなづき》と教室で久しぶりの談笑を続け、しばらくして無事に解決したらしく、藤堂が俺を呼びに来てくれた。

そして、その後に続いて颯太《そうた》と柊も教室へと現れた。

俺は解決したと報告を受けた時は本当に安心したよ。

……やっと明日には解決するんだぜ？

すぐにとはいかないものの、今日のよりかは噂もだいぶマシになるだろう。

しかし、呼びに来た藤堂《とうどう》が教室に入ってきた瞬間、すごく不機嫌になっていたのだが
……どうしたのだろうか？

それに――

「今日の夜ご飯どうする柊《ひいらぎ》？」

「そうですね……」

柊があれからずっとこの調子なのだ。

心ここにあらず、っていう感じなのか、隣を歩く柊はどこかぼーっとしている。

先程から話しかけても、キャッチボールが成立しない。

辺りは暗くなってきているというのに、怯《おび》えている様子もない。うぅむ、これは異常だ。

「月が綺麗《きれい》だね」

「そうですね……」

Oh……俺の遠回しな冗談の告白にも同じ反応とは……お兄さん、ちょっと心が傷ついちゃうぞ☆

「今日は俺の部屋に来るのか？」

「そうですね……」

「今日は家に食べるものあるのか？」

「そうですね……」

「俺、今キスしたい気分なんだけど――していい？」

「それじゃあ……失礼して」

俺はぼーっとしている柊の顔に自分の顔を近づけて――

「……ふぇっ⁉　な、何をしているのですか⁉」

すると、柊は俺の顔が近づいてきたことに驚きの声を上げた。

どうやら、やっと現実に戻ってきてくれたらしい。

「いや、柊がキスしてもいいって言うから……」

「言ってませんよ⁉」

くそぅ……さっきの会話を録音して聞かせてやりたい。

「まぁ、俺も冗談だったんだが――どうしたんだよ、さっきから？」

「どうした、とは？」

「いや、さっきからずーっと呆《ほう》けているだろ？　何かあったのか？」

「――あっ！」

そのことに気が付いたのか、柊は少しだけ声を漏らす。

それにしても……気が付かなかったのか？

さっきから俺が何回話しかけたと思っているんだよ？

「そうですね……」

俺、一人で話しているみたいで恥ずかしかったんだけど。

「い、いえ……何かあった、というわけではないのですが……」

「ん？　歯切れが悪いな？」

「自分でもよく分からないんです……どうしてこのような気持ちになったのか」

そう言って、柊は己の胸を押さえる。

「胸が急に苦しくなって、泣きたくなるほど悲しくなって……そのことが頭から離れなくなってしまって……」

彼女は何の話をしているのだろうか？

彼女は何かに悩んでいるのだろうが、肝心なところは伏せている。

……きっと、あまり言いたくないことなのだろう。

隣にいる柊を横目で見る。少しだけ苦しそうで、悩んで落ち込んでいるように感じる。

だから、俺は思わず彼女の頭を優しく撫《な》でた。

「……ふぇ？」

「すまんな、お前が悩んでいる時に俺はこれくらいしかできないから」

話したくないことは話さなくてもいい。俺もそこまで踏み込んでやるつもりはない。

けど、悩んでいる時には励ましてやりたいとは思う。

　だから、俺はできるだけ優しく声をかける。

「これは俺の持論なんだが……人の悩みを解決させる方法は、大きく分けて二つあると思っている――」

「二つ、ですか？」

「あぁ、自分自身が行動して解決させる方法と、他人を頼って解決する方法だ」

　柊の顔を覗き込みながら、夕暮れ時の背景をバックに立ち止まる。

「けど、前者だと時間もかかるし、選択肢が少ない。だから、解決できたとしても自分が望む解決ができるとは限らない」

　俺の話を、柊はじっと聞いてくれる。

「けど、後者の場合は前者とは違って早く解決するし、選択肢も手を伸ばす幅も増えてくる。だが、他人を頼るっていうことは自分を曝《さら》け出さなくてはいけないということだ。何に悩んでいて、どんな気持ちで、どうなりたいか。それを相手に伝えなくちゃいけない」

　自分の気持ちを伝えるのは抵抗があるかもしれない。

　人は誰しも臆病だ。

　羞恥を感じ、曝け出したことによる影響を不安視し、その後の関係に恐怖する。

　臆病だからこそ、一人で抱え込みがちになるし、潰れていきやすくなってしまう。

けど、それでも自分を伝えないと、前に進むことは難しい。

「柊が何に悩んでいるのかは分からないが、それは一人で悩むことなのか？　相談する相手がいなくて、誰にも話したくないならそれでもいいさ。絶対に頼れ、なんてことは綺麗《きれい》事《ごと》で、誰しも言いたくないことの一つや二つはあるんだから」

俺は柊の頭を撫で続ける。

少し、気のせいかもしれないが若干顔が赤くなっている気がした。

「けど、誰かに頼ることや相談することによって、いい方向に進むのは間違いない。よりよい手段、多くの選択肢がある方が解決の確率も上がるし、後味のいい未来を選びやすくなる。俺の持論だから何の保証もないが――颯太や藤堂なんかはしっかり話を聞いてくれると思うぞ？　もちろん、俺も相談に乗るさ」

俺はひとしきり言い終わると、柊の頭から手を離す。

すると、少し顔が赤い柊は俺の方を向いた。

「……どうして、励ましてくれるのですか？」

「そんなの、お前が落ち込んでいる姿はあまり見たくないからに決まってるだろ？　特に深い理由はねぇよ」

「そ、そうですか……」

すると、柊は先程よりも顔を真っ赤にさせて俯《うつむ》いてしまった。

「（……如月《きさらぎ》さんを見て悩んでいたのですけどね）」

「ん？　何か言ったか？」

「何でもありませんよ」

「……そうか」

何もないならいいのだが……柊は最近独り言が多い気がするな？　大丈夫？　どこか打ってないよね？

俺が少し心配していると、柊は俺の袖をくいっ、と引っ張ってきた。

「心配してくれてありがとうございます。もし、一人で解決できそうになければ相談させてもらいますね」

「……おう」

そう言って、柊は先程の落ち込んだ様子がなくなり、優しく笑ってくれた。

——どうやら、少しは元気になってくれたみたいだ。

我ながら、少しキザなセリフを吐いたかな？　と心配になっていたのだが、元気になってくれたならよしとしよう。

俺はそのことに安心すると、再びアパートに向かって歩いていった。

九章　お料理教室とデートのお誘い

とりあえず、自分達のアパートに戻って来た俺達。柊《ひいらぎ》は一度カバンを置きに自宅へと戻り、すぐさま俺の部屋へと集合することになった。

「というわけで、本日は鶏《とり》むね肉のカツレツを作っていきます！」

「はいっ！」

元気が戻った柊が胸の前に拳を作って気合いを入れる。

フリルのついたピンクのエプロンを身に着け、小柄の体系とその愛くるしい顔立ちから、どうしても料理を手伝う我が子に見えてしまう。

ううむ、柊のことがどこか放っておけなく見えるのも、母性本能がくすぐられるからなのだろうか？

「なぁ、俺のことお母さんって言ってみて？」

「何の話ですか⁉」

「いや、我が子に一度は言ってもらいたいと思ってだな……」

「同い年ですよね⁉　しかも、如月《きさらぎ》さんの子供っておかしいではありませんか⁉」

おっと、どうやら違ったみたいだ。

では、この放っておけない気持ちは一体……。

「まぁ、柊がいつ俺の子供になるかは置いといて」

「なりませんよ⁉」

「早速作りますか」

「何故《なぜ》か、始まってもないのに疲れた気分です……」

そう言って、げんなり肩を落とす柊。

こらこら、疲れちゃいけませんよ。

早く作って、君はお部屋に帰らないといけないでしょ？　今日もなんだかんだあって、帰るのが遅くなったし、あまり遅い時間まで男の部屋にいるもんじゃないですからね？

「まぁ、今日はとりあえず俺が作っている姿を見てくれ。そこから、後で少し手伝ってもらうから」

「そうですね、勉強させていただきます」

柊は俺のことを見ながら、メモ帳片手にスタンバイする。

流石《さすが》柊と言ったところか……勉強熱心である。

「といっても、ある程度下処理は済ませてあるんだ。じゃないと、時間がかかってしまうし、早く柊も部屋に帰らないといけないからな」

「ふぇっ？　どうしてですか？　あ、もしかしてご迷惑でしたか……？」

「いや、あまり女の子が男の部屋で遅くまで二人きりだなんてよくないだろ？」

「……よくない？」

本当に分かっていないのか、柊は首をかしげて不思議そうにする。

俺、聖女様の純粋さに思わず涙が出そうだよ。

まだ、こんなにも純真無垢《むく》な子が世の中に存在していただなんて……お兄さん、嬉《うれ》しい。

けど、このままだといつか柊は危ない狼《おおかみ》さんに捕まる赤ずきんちゃんになってしまう。

——ここはきちんと、男と二人きりがどれだけ危ないか教えてあげないと。

「いいか、柊。男はみんな獣なんだ」

「獣……ですか？」

「あぁ、男というのは柊みたいな可愛《かわい》子さんを見たら襲い掛かりたいほど、欲望に染まっているんだ！」

「お、おそ……ッ!?」

「そうだ！　もしかしたら、俺も柊の可愛さに己の理性が耐え切れず襲ってしまうかもしれない。それこそ、今も柊をエロい目で見ているのだから！」

「け、穢《けが》らわしいですっ！　懺悔《ざんげ》してください！」

顔を真っ赤にして可愛らしく叫ぶ柊。

なんか、男がどれだけ危ないかを教えただけなのに、俺が悪いみたいになってない？

っていうか、初めて聖女らしい発言を聞いたよ。お母さんの生まれ故郷であるイギリスにある宗教の影響を受けたのだろうか？

「ま、まぁ……ともかくだ。あまり男の部屋に長居はしちゃいけないってことだよ」

「わ、分かりました……」

分かっていただけたようで何よりです。

さて、話を進めましょう。

「まず鶏肉は余分な脂を除いて広げたものを、横長に置いて一枚を四等分に切る」

俺は話を切り上げ、予《あらかじ》め余分な脂を除いて広げておいた鶏肉を包丁で四等分に切る。

その様子を見ている柊は真剣にメモしていた。

「そんで、鶏肉にラップをかけて麺棒で少し大きいと思うぐらいになるまで叩《たた》く。そのあと、塩コショウで下味をつけるんだが……やってみるか？」

「は、はいっ！」

「別に、失敗してもいいからゆっくりな。失敗よりも怪我をすることが一番怖いんだ」

「わ、分かりました……」

まぁ、叩いて塩コショウするだけなので、怪我をすることもないと思うのだが……。

正直、柊は何をやらかすか分からんからな。

今でも、がちがちに緊張しているのか、叩く姿はどこかおぼつかない。

けど、それでも一生懸命叩く柊の姿は、どこか微笑《ほほえ》ましく思う。

……やっぱり、これって我が子の成長を見守る親じゃね？

俺はそんなことを思いながら、オーブンの電源を入れておく。

オーブンを予熱で温めておかなきゃいけないので、先にやっておかなくては。

「これくらいでいいでしょうか……？」

おずおずと、叩き終わった柊が俺に聞いてくる。

「おう、それくらいでいいぞ。あとは下味をつけてみようか」

「砂糖――」

「という単語が出てきてお兄さんびっくりだ」

何のために塩コショウを分かりやすく目の前に置いてあると思っているのか？

「では、塩コショウでしょうか？」

「あぁ、一か所に多くかけるんじゃなくて均等に塩コショウがいくようにな」

俺がそう言うと柊は軽く頷《うなず》き、塩コショウを鶏肉に振りかけていく。

うん、綺麗《きれい》な具合に均等にいったな。

「できました！」

「よし、じゃあここまできたら最後までやってもらうかな」

「頑張ります如月さん！」

「じゃあ、次は練り粉に鶏肉をくぐらせて衣をつける作業をやってみるか」

俺は予め作っておいた練り粉とパン粉を取り出すと、狭いキッチンの上に並べる。

「ここに鶏肉をつければいいのでしょうか？」

「あぁ、まずは『練り粉↓パン粉』の順につけていくんだ。あと、もったいないなんて考えずに、しっかりまんべんなく練り粉とパン粉をつけるんだぞ？」

「分かりました」

そして、ゆっくり鶏肉を『練り粉↓パン粉』の順につけていく柊。

……うん、傍《そば》から見ていると、やっぱり聖女様って可愛いよね？

ほんと、どうして我が家でお料理してるんだろ？

これじゃあ、新婚さんみたいに思えてくるな。まぁ、その奥さんは料理ができないけど。

「このあとはどうしましょうか？」

すると、つけ終わった柊がこちらに聞いてくる。

やり終わったのはいいのだが、両手には見事にパン粉がたくさんついている。

だから俺はさりげなく柊の手を水道の水で洗い流す。

「あ、ありがとうございます……」

「おう。手が汚いままじゃ、次にいけないからな。といっても、あとはオリーブ油を薄くかけてオーブンで焼くだけなんだけどな」

「意外と簡単なんですね……」

「まぁ、始めはこれくらい簡単なものにしておいて、慣れてきたら難易度を上げていく予定でいるからな。初《しょ》っ端《ぱな》から上級者向けのものを作ろうとしたら失敗して食材を無駄にしちゃうし。美味《おい》しく食べてくれるスタッフとかもいないし」

「ふふっ、ありがとうございます」

柊は俺の指示通りにオリーブ油を鶏肉に回しかけ、オーブンの中に入れる。

「よし、後は十五分待てば完成だ」

「ありがとうございました！」

「気にすんな。俺もちょうど食べたかったしな」

さて、これでカツレツはいいとして……あとはサラダでも作っておきましょうかね。

ある程度調理し終わった俺と柊は、カツレツが焼き上がるまでサラダを作ったり雑談をした。

うん、今日のお料理教室は成功なんじゃないか？

◆◆◆

「そういえばさ」

「何でしょう？」

カツレツも完成し、サラダも準備できたことで早速俺達は食事をとっていた。

テーブル越しに向かい合うように、俺達は座っている。

柊は自分のエプロンを綺麗に畳んで横に置いて、行儀よく正座でご飯を食べている。

このエプロン、俺の部屋でしか料理することはないと、最近はここに置きっぱだ。

……というか、今思うけど、何で自前のエプロンだけは持っているんだろうね？

まともな調理器具がないのに、エプロンあるっておかしいと思う。もしかして、カップ麺を作る時にでも使っていたのだろうか？

「いや、柊も俺の家でご飯を食べるようになったからさ、お前の分の食器を用意した方がいいのかなーって」

「確かにそうですね。今使わせていただいているお茶碗《ちゃわん》もお箸も、如月さんのものですし」

柊は自分が持っている茶碗に視線を落とす。

一応、柊には俺が使っていた箸と茶碗を使ってもらっている。

あ、間接キスとか変なこと考えないでね？　これしかなかったからだし、ちゃんと洗ってあるから問題なし。

「柊の家に食器とかちゃんとあるのか？」

「いえ、私の家には食器類もありませんよ？」

「……箸も？」

「ええ、お箸は基本的に割り箸を使っていましたから」

「……ねぇ、それって女の子的にはどうなわけ？」

「うっ……！　わ、分かってます……」

もう、ここまでくれば女の子として致命的なんじゃないだろうか？

今時の一人暮らしの男の子でもそこはちゃんと揃《そろ》えるよ？

「この機会に一通り揃えに行くか。どうせ調理器具も揃えに行かなくちゃいけないし」

「……あ、ありがとうございます」

柊はしゅんと肩を落としながらご飯を頰張《ほおば》る。

ほんと、柊ってスペックが偏っているよなぁ。

そんなことを思いながら自分の部屋を見渡す。

今までのゴミ屋敷《やしき》みたいな面影はなく、清潔感溢《あふ》れる部屋に。

柊が俺の家に来てから部屋がどんどん綺麗になっていく……。

ここまで綺麗にされたら、何故《なぜ》か「汚すのはやめよ」って思い始めてくるんだよなぁ。

それで、いつもより綺麗にしようと心掛け始めている。

しかし、相変わらず柊がいなくなったら部屋はどんどんゴミ屋敷になっていくのだが、
それは追々精進していくとしよう。

「明後日《あさって》って柊は予定あるか？」

「いえ、明後日は特に予定はありませんが……」

「もしよかったら、明後日買い物にでも行くか？　そこで一通り揃えようと思うんだが」

「私は大丈夫ですよ。むしろ、ありがとうございます」

「いいって、気にすんな」

頭を下げる柊に、俺は気にしないでと手を振る。

「しかし、如月さんにはお世話になってばかりですね」

「俺こそ、柊にはお世話になってるよ」

主に部屋の掃除だが。

「いえ、普通はここまで面倒みてくれませんよ」

「そう言っても、これはギブ&テイクに基づいた正当な取引なんだ。感謝される言われはないね」

「ふふっ、そうですか」

そう言うと、柊は少しだけ上品に笑った。

くそっ……なんか顔が熱い。俺の照れ隠しが見破られているようで、少し恥ずかしい。

確かに、柊に感謝されるのは嬉《うれ》しい。それに照れてしまってごまかそうとしたのも間違いではない。

けど、面と向かって言われるのは……ちょっと……な？

それに、感謝しているのは俺とて同じ。

掃除を手伝ってくれているのもそうなのだが、こうして二人でご飯を食べるというのは嬉しく感じるものなのだ。

今までは一人寂しくご飯を食べていたせいか、こうして二人で食べているとどこか温かい気持ちになる。

だからこそ、一緒に食べてくれている柊には俺も感謝しているのだ。

「けど、柊が料理を一人で作れるようになったらこの関係も終わりだけどな」

俺は天井を仰ぎながら、そんなことを口にしてしまう。

この関係は、あくまでギブ&テイクによって成り立っている。それが崩れた瞬間、この関係性はなくなってしまうだろう。

学校では、友達としての関係は続くかもしれない。けど、こうしてご飯を食べるのは、終わってしまう。

そのことを考えると、俺は何故か寂しく感じてしまった。

(寂しく感じるってことは、俺も案外この関係が気に入っているんだよなぁ……)

まだ、柊と過ごして三日ほどしか経《た》っていない。

それなのに、この関係性が心地よいと思ってしまう俺って……どうなんだろうか？

俺は、いつの間に柊と過ごす時間が楽しく感じ始めていたのだろうか？

うぅむ……自分でも、よく分からないな。

「あの、如月さん……」

「なんだ？」

「私、如月さんが思っているほどぽんこつさんなんですよ？」

「知っているが？」

「フォローなしですか⁉」

だって、ねぇ……？　今更そんなことを暴露されても始めから分かっていたというか……フォローのしようがないくらい、柊ってぽんこつさんなんだもの。

「そうではなくて、私は如月さんが思っているほど要領がよくないですし、器用でもないですので、きっと料理を覚えるのにも時間がかかってしまうと思うんです」

「……」

「だ、だから……っ！　如月さんにはご迷惑をかけてしまいますけど、もうしばらくはお世話になると思うのです！」

「……そっか」

その言葉を聞いて、俺はどこか安心する。

もうしばらくは、この関係性が続く。だから、まだこの心地よい時間が過ごせるんだと、どこかほっとしてしまった。

「それに、料理ができるようになったとしても、私はまた如月さんと一緒にこうしてご飯が食べたいと思います。これは、私の我儘《わがまま》かもしれませんが……」

「そんなことないさ」

俺は柊の話を聞きながら、ご飯を頬張る。

「俺も、お前とまだこうして一緒にご飯を食べたいと思っているよ。一人で食べるより二人で食べるほうが美味しい。その相手が、柊だったらなおさらな」

「そうですか……」

「それに、柊がいなくなったら俺の部屋がまた汚くなってしまうから」

「ふふっ、それならもうしばらくは私が如月さんの面倒をみなくてはいけませんね」

「それはこっちのセリフだ」

そんなことを言い合い、俺達は再び夜ご飯を食べる。

その間、お互いの間には静寂が訪れてしまったが、不思議と嫌な感覚ではなかった。

それは、柊の言葉を聞いて安心したからなのか。

しかし、間違いなく俺の気持ちは先程よりも晴れ晴れとしたものだった。

もうしばらく、この関係が続きそうでよかった。

十章　英語の勉強会

「はぁ……」

翌日の夕刻頃。

掃除機片手に大きく溜《た》め息を吐く柊《ひいらぎ》。その姿からは皆の前で見せるお淑《しと》やかな表情も、最近見せ始めた愛嬌《あいきょう》すらも浮かんでいなかった。

「急にどうした、柊？」

散らばった本を棚にしまいながら、柊の様子が気になって声をかける。

何か辛《つら》いことでも？　もしかしなくても、こうして俺の部屋の掃除を手伝うことが嫌になったのだろうか？

……確かに、自分の部屋でもないのに掃除をさせられるって嫌だもんな。

「別に無理して掃除を手伝ってくれなくてもいいんだぞ？」

「いえ……別に如月《きさらぎ》さんのお部屋を掃除することに対して溜め息をしてしまったわけじゃないんです。というより、これは料理を教えていただく代わりにしていることなので、不満はありません」

「だったら、何があったんだよ？　もしかして、あの日──」

「如月さんはデリカシーをぽいっ、してきたんですか？」

……はい、ごめんなさい。確かにデリカシーのない発言でした。

だけど……今時「ぽいっ」って言う女の子って珍しいよなぁ。可愛《かわい》いんだけどさ。

「実は、テストの点数が悪かったんです……」

「なんだ、そんなことか」

「そんなことっ⁉」

「だってさ、どうせ点数悪かったのって英語だろ？」

最近やったテストって英語だけだし。この前、英語は苦手って言ってたし。

正直、テストが返却された時も「あいつ、また悪いんだろうなぁ」って思ってた。

ほんと、見た目からは想像ができなさすぎる。見た目はバリッバリのイギリス人なのに。

「ううっ……はい」

しょんぼりと肩を落とす柊。

……何か、言いすぎたような気がしてきた。

「ま、まぁ……得意不得意ってあるわけだしな。別に、悪くても次頑張れば問題ないだろ」

今回のテストは期末やら学年末のテストとは違い、直接成績に影響が出ないテストだ。

ここで間違ったことを活《い》かして、次のテストに向けて勉強すれば大丈夫なはず。

「……そうですかね？」

「そうだって」

「で、では！　私にも伸びしろがあるってことですねっ⁉」

柊は掃除機を壁に立てかけて自分のカバンの中から一枚のプリントを取り出した。

そして、そのプリントを俺に手渡してくる。


『柊ステラ　25点』


「…………」

……とても反応に困る点数だ。

「励ましのあとにその反応は酷《ひど》いです！」

いけない、柊を励ましたつもりなのにフォローの言葉が一個も出てこない。

けど普通に……これは低すぎる。この前聞いた時はもうちょい取れていた気がするんだが？

だ、だけど今度こそは柊が落ち込まないようにしっかりとフォローの言葉を投げかけなければ……ッ！

「よ、四分の一も取れてるんだな……！」

「いっそのこと、低いなって言ってくれた方が傷つかないです……」

「低いな」

「や、やっぱり！　ちゃんと言ってくれても普通に傷つきます！」

くそぅ……どっちを言っても不正解じゃんよ。

テストの点数を見せられた時点ですでに詰んでるとか、世も落ちたものだ。

「ち、ちなみに……如月さんは何点だったんですか？」

「ん？　俺か？　確か……98点だった気がするな」

「……………え？」

「その反応は凄《すご》く心外だ」

まるで「本当に？　あの如月さんが98点？」とでも言いたそうな反応に涙が出そうだよ。

俺だって「え？　この前より点数下がってるじゃん。母親譲りの容姿からは全然想像つかんわ」って言ってやろうか？　うぅん？

「そんなに信じられないなら、証拠を見せてやる」

「い、いえっ！　別に、そういうわけでは――」

柊の否定を無視して、俺はカバンから今日もらったテストの用紙を取り出すと、そのまま柊の目の前へと突き付けた。

「ほ、本当に98点です……」

「そういうわけではって言わなかったか？」

思いっきり疑ってたんじゃねぇかこんちくしょう。

「だ、だって！　授業中に寝てたりしてますよね⁉　それに、如月さんができるなんて想像がつかなかったんですもんっ！」

「俺だって、柊ができないって想像がつかなかったわ」

まぁ、『できる→できない』と『できない→できる』とでは雲泥《うんでい》の差だろうがな。

「言わんとしてることは分かるよ。俺だって、前までは英語どころか他の教科も軒並み点数が低かったんだし」

「そうなんですか……？」

「あぁ……俺の場合は、やらなきゃいけなかったからやったって感じだったがな。今の点数はその時の名残みたいなもんだ」

懐《なつ》かしいなぁ……神無月《かんなづき》が「頭がいい人ってかっこいいよね！」って言ってたからめち

ゃくちゃ頑張った中学時代。

授業を真面目に受けるだけじゃなくて、予習復習は必ず家で三時間はするようにしたなあ。

結局予習復習は習慣になってしまったから、今でもわりかしいい点数が取れているんだろう。

「ま、そういうわけだし、別に今が点数低いからってずっと点数が低いわけじゃないだろうよ。俺だって、頑張ってここまで取れるようになったんだからさ」

俺は話が終わると、再び本を棚にしまっていく。

その間、柊は俺が置いたテストのプリントをじっと眺めていた。

そして――

「き、如月さん……お願いがあるのですが」

「勉強を教えろってか？」

「そ、そうですけど……どうして分かったんですか？」

「この話の流れからしてみれば、大方予想はつくだろうに」

それが違ったら脈絡なさすぎて逆に不自然な会話になってしまうだろ。

「わ、私……もっといい点数を取りたくて」

「うん」

「頑張らなくちゃいけなくて」

「……うん？」

柊の言葉に違和感を覚える。

頑張りたいじゃなくて「頑張らなくちゃいけない」ってどういうことだ？　その言い方だと、何かいい点数を取らなくてはいけない理由があるように聞こえてしまう。

（……それに）

柊の顔をチラリと見る。

その表情には冗談の色はまったく見えず、必死さと少しばかり必要に迫られているような様子が窺《うかが》えるように見えた。

「……お願いします」

……別に断る理由なんてないのだが、こんな柊の顔を見たら余計に——

「はぁ……別にいいよ」

「い、いいんですかっ⁉」

柊が驚いたように顔を近づけてくる。

「こ、断る理由もないしな。テストの点数が上がるまでは付き合ってやるよ」

「あ、ありがとうございます、如月さんっ！」

柊の顔から離れるように立ち上がると、そのままカバンをテーブルの近くへと持って来る。

心なしか、俺の顔が若干熱くなっているように感じてしまった。

「どうせなら早速しようぜ。今日は時間もあることだしな」

「はいっ！」

柊は元気よく返事をすると、掃除機をクローゼットの中へとしまい、そのままカバンの中から教材を取り出した。

その様子からは、先程の追い詰めたものは感じられなかった。

(やっぱり、柊はこっちの方がいいよ)

陰りを見せるんじゃなくて、こうして元気な顔の方が柊に似合っている。

そんなことを思いながら、俺はテーブルを挟んで柊に向き合った。

◆◆◆

「ぶっちゃけ、英語なんて単語を覚えるだけの暗記が一番手っ取り早い」

それから少しして。

答案を見ながら、ざっくりとした傾向を確認しつつ柊に教えていくことになった。

「え？　『なんとなく』が大事じゃないんですか？」

柊の英語ができない理由が垣間見《かいまみ》られた気がする。

「その『なんとなく』は文法が分からなかった時に使う最終手段だボケ。まず、単語から覚えていかないと一生解けないぞ」

例えば『This coat isn't expensive』という英文がある。

あ、ここに『コート』と『高価ではない』という単語があるな。『not』があるってことは否定文だな。だったら、その単語を繋《つな》げて、なんとなく『このコートは高価でない』って意味なんだろうな。

こんな感じで、単語を理解している時に『なんとなく』は初めて機能するんだ。

単語自体が分からなかったら、その『なんとなく』で正解に辿《たど》り着けるわけがない。

「とにかく、柊は教わる前に単語を覚えるところから始めよう。そのあとに、文法や動詞の理解をしていく」

「なんだか如月さんが先生みたいに見えます！」

「講師料をもらってもいいんだぞ？」

「えーっと……わ、私にできることでしたら」

「やめろ。如月家庭教師は講師料無料なんだ」

柊は顔を赤くして、体をモジモジとさせ始める。

決していかがわしい意味で言ったわけじゃないんだろうが……その姿を見ると、どうしてもそっちのことを想像させてしまう。

まったく、安易に自分を差し出すんじゃないよ。一瞬だけ、変な妄想しちゃったじゃないか。

柊に対して、そんなことできるかっつーの。

俺も冗談で言っているだけだし、この程度でお礼をもらうほどじゃないんだ。

「ま、話を戻して——単語を一気に覚えるなら一人でもできるし、せっかくだから英文を見ながら単語を教えてやる。それと、初めはざっくりでいいから文法の感覚を摑《つか》んでもらえるように解説していくぞ」

「はいっ！　よろしくお願いします！」

本当に元気がいいな、と。両手の拳を握り締めて気合いを入れる柊を見て思わず苦笑してしまう。

俺は早速教材を開き、今回のテスト範囲部分の英文を指さしながら解説を始めていく。

Q. 次の英文を日本語に訳しなさい

『Don't leave this box here.』

「この英文に出てくる単語は分かるか？」

「『箱』と、『ここに』……でしょうか？」

「その通り。他には『置く』という意味の『leave』と否定である『Don't』があるな」

「なるほど……」

柊は自分の教科書にメモを走らせていく。

こうした姿を見ると、本気で取り組んでいるというのが見て窺えるから、本当に勉強の仕方が悪かったのだろう。

「ちなみに、これは主語を省いて動詞の原型を頭に置いた命令文だ。ほら、『Do』の否定形が頭にあるだろ？　この形は、基本的には命令文だ」

「なるほどですっ」

「んじゃ、単語を覚えて繋げてみようか」

といっても、今回の英文は比較的簡単で――命令文を前提に『動詞の否定』、『置く』、『箱』、『ここに』を繋げていけばすぐに答えが見えてくる。

流石《さすが》の柊でも、これなら簡単に解けるだろう。

「『ここに箱を置くな馬鹿』ってことですね！」

「貶《けな》すな、可哀想《かわいそう》だろ」

英文にない単語が増えてお兄さん驚きだ。

「ふふっ、冗談です。答えは『ここに箱を置くな』ですよね」

「その通りなんだが……」

いきなり冗談を言うなんて……余裕があるなぁ。

まぁ、こうした冗談も踏まえながら教えた方が、楽しいし黙々とやるよりかは教える方もモチベーションが上がるから俺は構わないんだが……。

「じゃあ、次に行くか」

Q．次の英文を日本語に訳しなさい

『Does your mother drive a car?』

「ちなみに、中学校で習った英語だが一応教えておくけど、『your mother』は『あなたのお母さん』って意味だ」

「……『drive a car』は『車を運転する』で合っていますか？」

「そうそう。そんな感じで単語を初めに挙げて、繋げていってくれ」

「うーん……」

持ったシャーペンを顎に当て、小さく唸《うな》りながら考える柊。

その姿が、どことなく『頑張っている子供』を見ているようで、微笑《ほほえ》ましく思ってしまった。

「分かりました！　訳は『あなたのお母さんは車を運転しますか？』ですね？」

「正解」

そう言うと、柊は嬉《うれ》しそうにガッツポーズをした。

たった一問を正解しただけ――しかも、比較的簡単な問題ではあるが、ここまで喜ばれてしまってはどうにもこちらまで嬉しくなってしまう。

だから――なんだと思う。

「ふぇっ？」

思わず、対面に座る柊の頭を撫《な》でてしまったのは。

「す、すまんっ！」

ほっぺを触った時もそうだが、柊を見ていると触りたいという衝動が襲いかかってしまう。

今回に限っては、完全に無意識のうちにやってしまった。

女の子に対して軽率な――そう思い、俺は慌てて手を離そうとする。

しかし、柊は小さな手で撫でていた俺の手を摑んで制してきた。

「そ、そのまま撫でてくれたら……嬉しいです」

「ッ⁉」

碧色《あおいろ》の双眸《そうぼう》を上目遣いで見せ、玩具を取り上げられてしまった子供のようにすがってくる。

恥ずかしそうに染められた頰が、柊の整いすぎた顔を魅力的に見せていた。

だからこそ、そんな柊を見て拒めるわけもなく――

「……お前はいいのかよ」

「……如月さんからしてきたんですよ？」

「そ、それはっ！……いや、すまん」

「いえ……私も、如月さんにされるのは……嫌いじゃ、ありませんので」

「……さいですか」

微妙に沈黙が、俺の室内に広がってしまう。

だが、それでも俺は柊の頭を撫で続けた。

「えへへ……」

艶《つや》やかな金髪が小さく揺れ、目を細めながら気持ちよさそうにふにゃけた顔を見せる柊の姿は、まるで猫のように思えた。

「これでもっと……頑張れる気がします」


それから、俺達は互いの気が済むまで撫で続けた。

英語を教えるということももちろん忘れてはおらず、しばらく経《た》ったらまた再開をした。

しかし、柊が問題を解く度に頭を撫でる——そんな行為が、何故《なぜ》か終わるまで続いてしまった。

十一章　聖女様とデート

次の日。朝の陽射しが眩《まぶ》しい早朝。

土曜日ということもあってか、外からは朝にもかかわらず子供達の活気にあふれる声が聞こえてくる。

そんな穏やかな休日の朝に俺は重たい瞼《まぶた》を必死に持ち上げながら、私服に着替えていた。

「ふぁぁ……」

欠伸《あくび》が自然と零《こぼ》れる。

仕方ないのだ。

基本休日は朝の十時までは爆睡していたし、昨日はなんだかんだ漫画を読んでいたら就寝時間が遅れてしまったのだ。

と、言い訳しても意味がない。早く支度をしないと、柊《ひいらぎ》が来てしまう。

今日は柊と二人で買い物に行く約束をしている。

始めは「あれ？　これってデートじゃね？」と思っていたのだが、調理器具や食器類を買いに行くだけなので、デートではないと俺の中で結論付けた。

だって、調理器具の買い物だよ？　デートっぽくないよね。

適当に引っ張り出したTシャツを着ると、俺は柊が来るまでゆったり過ごすためにテレビをつける。

うーん、朝はやっぱりニュースしかやってないよね。

学生さんにはニュースよりもバラエティー番組かアニメの方が嬉《うれ》しいのだけれど。

ピーンポーン、と。俺がテレビ番組に不満を抱えていると、不意にインターホンが鳴る。

「お、来たか」

どうやら、柊が来たようだ。

俺はテーブルに置いてある財布とスマホをポケットに入れると、テレビを消して玄関へと向かい、そのまま扉を開けた。

「おはようございます、如月《きさらぎ》さん」

「おう、おはようさん」

俺は軽い感じで挨拶を返す。

そして、少しだけ視線を柊から逸《そ》らしながら、足さぐりで靴をはく。

「んじゃ、行きますかね聖女様」

「むぅ～！　聖女様はやめてください！」

「ごめんごめん」

「いいですけど、次からはちゃんと名前で呼んでくださいね！」

柊は俺からぷいっと視線を逸らして先を歩いた。

朝からシャワーを浴びたからなのか、柊からのほのかないい香りが俺の鼻をくすぐる。

俺は少しドキッとしつつも、柊の後ろ姿を追った。

（しかし、私服姿の柊ってどこか新鮮だよなぁ……）

柊は暗いピンクのとろみシャツに、グレーのニットパンツという少し大人びた格好をしている。しかし、少しサイズの大きいとろみシャツのおかげか、その大人っぽい雰囲気に可愛らしさが重なって見える。

そこまでファッションに詳しくないのだが、今日の柊はオシャレだしとても可愛らしく感じた。

そのせいで少しだけ視線を逸らしてしまったが、そこはここだけの話。

「なぁ、柊さんや」

「何でしょうか？」

「今日の服、似合ってるな」

「ッ!?　そ、そうですか……」

すると、柊は肩をビクッと震わせて、顔を赤くし俯《うつむ》いてしまった。

うぅむ……照れているのだろうか？　普通に言われ慣れていると思っていたのだが。

「あ、ありがとうございます……」

「おう、かなり似合っているし、その格好もすっげぇオシャレだ」

「だ、だって……今日はデートですから」

あれ？　今日ってデートだったの？

俺の中でデートじゃないって思いこんでいたのだが……どうやら違っていたようだ。

っていうか、なんでそんな嬉し恥《は》ずかしそうな表情してるのさ……そんな顔されたら、俺も意識してしまうじゃん。

……まただよ、顔が熱い。

「ほ、ほんと……隣を歩いている俺が恥ずかしく感じるな」

俺は己の格好に視線を落とす。

柄のない白のTシャツに少し褪《あ》せているジーパン、白のスニーカーというまったくオシャレではない格好。最低限気は遣ったものの、本腰を入れているわけではない。

今までファッションとかにさして興味もなかったのだが、柊の隣を歩くとなると恥ずかしく思えてくる。

もちろん、素材の違いのこともあるのだが、ファッションに気を遣っていない俺と、見るからにオシャレさんの柊を見て周りから変な目で見られそうで怖い。

「そんなことありませんよ。かっこいいですよ如月さんは」

「はいはい、お世辞をありがとうな」

「お世辞なんかじゃないのですが……」

柊の中では、俺の格好は何故かいいらしい。

聖女様の美眼は人より少しずれていませんかね？　これでかっこよかったら、俺今頃モテモテなのでは？

……しかし、柊を見て思ったのだが、やはりファッションは大事なのだろうか？

今までそこまで意識していなかったのだが、もしかしたら今までの俺の格好は周りからはダサいと思われていたかもしれない。

やばい、そう思い始めたら恥ずかしくなってきた……。

今後、一人で外出する時はまだいいのだが、颯太《そうた》や藤堂《とうどう》、柊と遊ぶ時にはこの格好は不味《まず》いのではなかろうか？

「なぁ、柊」

「どうしましたか？」

「もし、今日時間があったら服を買いに行ってもいいか？」

「いいですけど、春物があまりないのですか？」

「いや、自分のファッションセンスを磨きたいな……と思ってな」

「別に、今のままでも充分かっこいいと思いますけど……」

ありがとう柊。

その心遣いはとても嬉しいのだが、お世辞にしか聞こえないから、妙に心に突き刺さる。

俺が少し落ち込んでいると、柊が歩きながら恥ずかしそうに体をもじもじさせた。

「あ、あの……よろしければ、私が如月さんの服を選んでもいいでしょうか？」

「え？　いいの？」

「は、はいっ！」

それは願ったり叶《かな》ったりである。

柊が選んでくれたら女性目線の意見も聞けるし、こんなにオシャレをしている柊ならきっといい服を選んでくれるに違いない。

「んじゃあ、お願いするわ。俺も柊に選んでもらった方が嬉しいし」

「お任せください！　如月さんに似合うかっこいい服を選んでみせます！」

そう言って、柊は胸に手を当てて気合いを入れる。

何故そこまで気合いを入れているのか分からないが、これなら心配もいらないだろう。

今度、お礼に何か買ってあげないといけないなぁ……。

「(やりましたっ、如月さんを私好みの服装にできます……っ!)」

柊が横で何やらブツブツと呟《つぶや》いて喜んでいたが、どうしたのだろうか?

そのことを不思議に思いつつ、俺達は駅へと歩いていった。

◆◆◆

(※ステラ視点)


うぅ……緊張します。

私達は今、隣町のショッピングモールに行くために電車に乗っています。

私達の家の近くには細々としたものなら揃《そろ》っているのですが、大きな物となるとこうして隣町に行かなくてはいけません。

ま、まぁ……こ、こうして如月さんと長くいられるという面では……いいかもしれませんが。

ガタンゴトンと、電車が揺れます。

その反動で、正面にいる如月さんがこちらに近づいてしまいました。

「っと、悪い」

「い、いえっ！　大丈夫です！」

土曜日だというのに、電車の中は満員。

電車内はおしくらまんじゅうの状態になってしまい、少し揺ればぶつかってしまうほど窮屈なものです。

しかし、如月さんが気を遣ってくれたおかげか、私は電車内の端で誰ともぶつかることもありません。

何と、如月さんが私を囲うように壁になってくれているのです！

あくまで自然に。そうなるようにさりげなく私を気遣ってくれるなんて……流石《さすが》ですっ！　かっこいいです！

それにしても――

(ち、近くないですかっ⁉)

少し顔を上げただけで、如月さんの顔が間近に見えてしまいます。

う、嬉《うれ》しいのですが……これはこれで恥ずかしいというかっ！

さ、さっきから緊張しっぱなしです……。

「悪いな、柊。もう少し遅く乗っていればこんなに満員じゃなかったんだが……」

「い、いえっ！　気にしないでください！」

「まぁ、あと少しの辛抱だからさ、もうちょっと耐えてくれ」

そ、それはどっちの意味で耐えろと言っているのでしょうか⁉　この窮屈さですか⁉　それとも如月さんとの距離が近いことですか⁉

窮屈さは別にいいのですが……如月さんがこんなに近いのは耐えられそうにありません！

い、嫌ってわけではなくて、嬉しいのですが……早く着いてくださいっ！

◆◆◆

「いやー、結構しんどかったなー」

「そ、そうですね……」

「まさか、朝早いはずなのにあんなにいっぱいだったなんて、考えることはみんな同じなんだろうな」

あれから十分程電車に揺られ、ようやくショッピングモールの最寄り駅へと到着しました。

おかしいですね、まだ着いたばかりだというのにどっと疲れた気分です。

「そ、それに……まだ顔が熱いです」

私は横目で如月さんを見ます。

疲れた体をほぐすように背伸びをしている彼は、平然としているようでした。

ど、どうして如月さんは平気なのでしょうか？　私はこんなにもドキドキしてしまったのに、如月さんは何も感じていないのでしょうか？

……そ、それは悔しいですね。

何でそう思ってしまうかは分かりませんけどもっ！　もうちょっとドキドキしてくれてもいいと思うのです！　何故《なぜ》か分かりませんけどもっ！

「んじゃ、早速行きますかね」

「はい……」

私は少しモヤモヤした気分を味わいながらも、彼の背中を追っていきました。

そして、視線が彼の空いている手にいきます。

け、けど……今日は一応…デ、デート……ですもんね。

だったら……許されます…よね？

「き、如月さんっ！」

「おう、どうした？」

「そ、その……失礼しますっ！」

私は勢いよく、彼の空いている手を強く握りました。

「デ、デートですもんね……これぐらいしないと」

「そうだな、じゃあしっかりと握っておかないとな」

そして、如月さんは平然と私の手を優しく握り返してくれます。

え？　な、何の反応もなしですかっ⁉

私がこんなに勇気を振り絞って手を握ったのに、そんなあっさり返されても……。

もうちょっと、照れるとか恥ずかしがるとかしてほしいですっ！

チラリと如月さんの方を見ます。

（……あ、そんなことありませんでしたね）

如月さんの顔は、ほんのりと赤くなっており、少しだけ私から視線を逸《そ》らしています。

ふふっ、平然なフリして実は如月さんもドキドキしてくれてたんですね。

「さぁ、行きましょう如月さん！」

「どうしたんだよ急に元気だして？」

だって、それは――

「如月さんも、ドキドキしてくれているって分かったからですっ！」

「ッ⁉　……あぁ、そうかい」

「そうですっ！」

私は嬉しくなって、如月さんの手を引いて足早にショッピングモールへ向かうのでした。

◆◆◆

……何故か、今日は柊が積極的な気がする。

いや、本人は無意識なのかもしれないのだが……なんか、こう……隙が多い気がするんだ。

突然手を握ってきたり、腕に抱きついてきたり、肩を寄せてきたりと、スキンシップが激しい。

注意しようと思ったのだが、本人がめちゃくちゃ楽しそうなものだから注意しづらい。

これって、やっぱりデート？　傍《はた》から見たら、俺たちってカップルに見えてしまっているのだろうか？

……やばい、柊がデートと言い始めてから、今日はかなり意識してしまっている。

さっきから、心臓がうるさいほどドキドキしているのだが、何とか平静を装《よそお》って頑張っている。

頑張れ！　俺の理性よ！　柊の猛攻に耐えるんだ！

というわけで、やって来ましたホームセンター。

一応、このショッピングモールはこの辺の地域で一番大きく、色んなお店がいっぱいある。

なので、ショッピングモールの中にホームセンターという少し場違いなお店もあるのだ。

「早速ですが、まずは柊の調理器具を調達しようと思います！」

「はい！　よろしくお願いします！」

俺がそう言うと、柊は空いた反対側の手で、思い切り敬礼の動作をした。

……やばいっ、この子超可愛《かわい》すぎるんですけど？

俺の理性……今日しっかり保てるかなぁ……？

「あっ！　あそこにミキサーが売っていますよ！」

そう言って、勢いよく家電コーナーに足を進めた柊を見ていると――

（変なもの買わないか心配だな）

その気持ちは杞憂《きゆう》じゃないかと思い始めた。

◆◆◆

ホームセンターでの買い物を終えた俺達はショッピングモールをぶらぶらしていた。

特に急ぎの予定はないので「歩いているうちに気になったお店に入ろう」ということになったのだ。

……まぁ、俺としては早く服を選んでもらって帰りたいのだが。

「最近のホームセンターって凄《すご》いんですね。買ったものを家に送ってくれるなんて」

「家電製品とかも売ってあるしな。持って帰れない客を逃さないためのサービスだろ」

「それでも、お客さんにとってはありがたいことです」

結局、ホームセンターでは鍋やらフライパン、そして電子レンジなどの最低限のものを購入した。

何度、調理器具以外のコーナーで時間を食ってしまったか分からんが、これで家でも多少なりとも料理はできるようになっただろう。

(それにしても、よく簡単に買えたもんだ)

調理器具だけならまだしも、家電に関してはそれなりに高額だ。

高校生の懐《ふところ》事情からは到底手が出せないし、仕送りがあったとしても簡単には購入できないだろう。

それなのに、柊は何の抵抗も迷いもなくすぐに購入した。

もしかしなくとも、柊の家はそれなりにお金持ちなのかもしれない。

「これで、私も立派な料理人になりましたね！」

「揃《そろ》えただけだろうが」

「いえ、何事も形を揃えたらなれるものです！」

「それが正しかったら、今頃グローブとバットを揃えただけでプロ野球選手になれてるだろうよ」

ふん、と胸を張って、柊は誇らしげにする。

しかも、揃えたって言っても最低限だから。それに扱い方もままならんだろうに……。

どっからその自信が湧いてくるんだろう？

「あ、見てください如月さん！　可愛いマグカップがあります！」

そう言って、俺の腕を引っ張りながら通り過ぎようとした雑貨屋を指さす。

……あぁ、ほんと。何でこんなにも元気なんだろうね？

「こら、そんなにはしゃいでいると、転んでも知らないよ」

「私は子供ではありません！」

「ほれ、飴《あめ》ちゃんあげよう」

「だから、子供じゃありません！」

「お兄さんがお小遣いあげるから、楽しいことしよっか？」

「……それは流石《さすが》にどうかと思いますよ？」

確かに、今の発言は犯罪者っぽかったな。

いかんいかん、気をつけないと。

……けど、どうしてこんなにはしゃいでいるんだろうね？

俺も楽しくないわけではないが、楽しさよりも疲れのほうが勝っているんだけど？　あのね、別に買い物するだけならこんなに疲れないんだよ。

『おい、あの子めちゃくちゃ可愛いぞ！』

『本当だ！　……ちょっと声をかけてみようかな』

疲れる原因は、きっと周りの視線が超痛いからだろうなぁ。

それに何やらヒソヒソと話しているし――隣に男がいるのに声をかけないでもらえますか？　ちょっと柊を守らなきゃって感じで気にしなきゃいけなくなってるんで。

「如月さん？　どうかしましたか？」

「……ん？」

「いえ、どこか『アイドルがお忍びで外に出ている時に付き添いで来ているマネージャー』みたいな顔をしていたので」

「素晴らしい観察眼だな」

それが分かっているなら、あまり周りの注目を浴びないようにテンションを下げてほしい。

それと、もしよろしければいつの間にか繋《つな》がれているこの手も離してほしい。

多分、これが一番の注目の理由だと思うから。

「そんなことより見てくださいこのマグカップ！」

「今、そんなことって言った？　俺の気遣いと苦労をそんなことって言った？」

「可愛いです！　とっても可愛いです！」

「……俺の気遣いと苦労はマグカップの可愛さより下ですか」

目を輝かせながらマグカップを手にとって喜んでいる柊を見て、俺は溜め息をつく。

雑貨屋さんの表に置いてあったマグカップはピンク色の可愛らしい柄をしており、他には同じ柄の青色もあった。

「柊ってこういうのが好きなんだな」

「はい！」

「……さいですか」

柊は満面の笑みで嬉《うれ》しそうにマグカップを見つめる。

（……そういえば箸やら食器は買ったけど、コップは買ってなかったな）

俺はそのことに気づく。

多分、こんなに気に入っているのであれば、これがほしいんだろうな。

……そうだ！

「よし、柊よ。そのマグカップを俺に渡すんだ！」

「ふぇ？　べ、別に構いませんが……」

俺が唐突に大きな声を出したことに驚いていたが、柊はおずおずと俺にマグカップを渡してくれた。

「いいか、柊。今から三分ほど後ろを向いていてくれ」

「は、はぁ……」

柊は不思議そうにしながらも、ちゃんと雑貨屋さんに背を向けるような形で後ろを向いてくれる。

……よし、これでいいだろう。

俺は柊が後ろを向いたことを確認すると、早足でマグカップを持ってレジに向かう。

そして、なるべく時間を使わないように素早く会計を済ませた。

「柊、もう大丈夫だぞ」

「分かりましたけど……一体どうしたんですか？」

「ほれ、柊にはこれをやろう」

俺は先程買ったマグカップが入っている袋を聖女様に渡す。

「え？　これって……」

「俺からのプレゼントだ。日頃お世話になっているお礼とも言う」

「そ、そんなこと言ったら私の方がお世話になっていますし！　悪いですよ！」

そう言って、柊は頑《かたく》なに受け取ろうとしない。

しかし、そんな柊を無視して俺は無理矢理袋を手に握らせる。

「いいから、受け取ってくれ。俺が持っていてもピンクは柄に合わないし、颯太や藤堂に笑われてしまう。今更返品するわけにもいかないから、俺のためだと思ってもらってくれ」

渋々受け取った柊は、まだ何か言いたそうだった。

しかし、これ以上は言っても仕方ないと思ったのか、柊は袋を大事そうに抱えると、優しく笑った。

「ありがとうございます如月さん。このマグカップ……ずっと大切にしますね」

「ッ!?　……そ、そうしてくれ」

その笑顔を見て、俺は一気に顔が熱くなるのを感じる。

大事そうに、袋を胸で抱えている柊の姿に……胸が高鳴ってしまう。

（……あぁ、ダメだ）

恥ずかしくて、まともに柊の顔が見られない。こんな気持ちになったのは久しぶりな気がする。

……少し前に、この気持ちを味わったことがあった。

（どうして……今の柊を見て神無月《かんなづき》の時と同じ気持ちになったんだ……？）

――まさか、

……いや、違うな。そんなこと、あるわけがない。

だって、

「このお礼は絶対にいつかしますからね！」

俺は初恋相手のことが、未《いま》だに忘れられないでいるんだから。

「……期待しないで待っておくよ」

柊はそう言うと、笑みを保ったまま俺の隣に並ぶ。

「じゃあ、他も見て回るか」

「そうですね！」

そして、今度は互いの手を握ることもなく、雑貨屋をあとにした。

◆◆◆

一通りショッピングモールの中を見て回った俺達は、中央広場にある小さなベンチに腰を掛けていた。

少しだけ間隔をあけて、横並びでお互いに少しだけ疲れた体を休ませる。

「これで、大体見て回ったんじゃないか？」

「そうですね、一階と二階は全て見て回りましたので、後は如月さんのお洋服ですね！」

どうしてそんなに目を輝かせているの？　そんなに俺の服って変えたいほどみすぼらしいでしょうか？　だとしたらちょっと傷つくんですけど……。

「まぁ、それは最後にしないか？　全部買い終わったあととかの方がいいと思うんだが」

「そうですね、荷物がいっぱいになってしまいますし、ゆっくり時間をかけて選びたいですから！」

「……程々に頼むよ」

「任せてください！」

柊は小さく拳を作って胸を張る。

いや、程々でいいからそんなに気合い入れなくても大丈夫なんだぞ？

「ですが、必要なものは買い揃えましたし、他に何かありますか？」

「そうだな……柊の食器類、柊の電化製品、柊の調理器具……あとは、柊に必要なものってあるか？」

「いえ、特にないと思うのですが……今思えば私の物ばかりですね」

本当だよ、まったく。

こういうのは普通一人暮らしを始めた時に買っておくものではないのかねお嬢さん？

……しかし、折角電車に揺られてここまで来たんだし、何か買っておかなくてはいけないものがあれば買っておきた――ハッ!?

そういえば、今日って、第二土曜日。

つまり、ここの食品売り場で、豚肉の特売セールをやっている日じゃないか！

早くしないと、豚肉も残り少なくなっている可能性が……いや、時刻はもう昼過ぎだ。

もしかしたら、金にうるさい三十路《みそじ》過ぎたババァ達が買い占めて、売り切れているかもしれん……いや、しかし！　諦めるにはまだ早い！

一人暮らしは生活費をやりくりしなくてはいけない！　このチャンス、逃したくない！

俺は勢いよく立ち上がると財布を取り出し、カバンを柊に預ける。

「悪い柊、これ預かっていてくれ！　ちょっと買わなきゃいけないものができた！　二十……いや、十分で戻ってくるから、ここで待っていてくれ！」

「え、ええっ⁉」

柊が俺の突然の行動に驚いていたが、今は無視だ。

待っていろよ豚肉！　三十路過ぎのババァ達にとられてたまるかってんだ！

俺は胸に闘志を抱きつつ、早足で食品売り場に向かった。

◆◆◆

(※ステラ視点)

い、行ってしまいました……。

いきなり思い出したかのように顔を上げたかと思えば、カバンを私に預けてどこかに走って行ったんですから驚きます。

何を買い忘れたというのでしょうか？

どうせだったら、私も一緒について行きましたのに……少し、寂しい気分になります。

ですが、今日は私の為《ため》の買い物に付き合ってもらったんですから、文句を言ってしまうのはおかしいですね。

それにしても、最近のお買い物って便利だと思います。

買ったものを後日家まで送ってくれるサービスがあるのですから。

一定以上の金額を買わなくてはいけませんが、おかげで私はたくさんお買い物をしたのに、荷物はまったくありません。本当にありがたいサービスです。

だからこそ、こうして如月さんと何も気にせずお買い物できました。

（……ふふっ、今日は楽しいですね）

ただ、一緒にショッピングモールの中を見て回っていただけだというのに、こんなにも楽しい気持ちになるとは思いませんでした。

これも全て、如月さんと一緒にいるから……なんでしょうね。

「はぁ……早く戻ってきてほしいです……」

少し離れただけで、こんな気持ちになってしまいます。

いつから私は彼に対してこんな想《おも》いを抱くようになってしまったのでしょうか?

彼と一緒にいると、楽しくて、ドキドキして、時々モヤモヤしてしまいます。

それでも、きっとこの想いは決して悪いものではないです……そう、思います。

——だから、

「早く戻ってきてください、如月さん。あなたがいない十分は、私にとってはとても長く感じるのですよ」

彼には届かないと分かっているけれど、私はその言葉を口にします。

少し浮かれている気分になっているからか、私は愚痴を零《こぼ》しているものの、待っている時間はそんなに悪い気分ではありませんでした。

私は小さく笑いながら、足をばたつかせて如月さんが戻ってくるのを待ちます。

——すると、

「……ステラ?」

突然後ろから声をかけられます。

聞きなれた声。しかし、久しぶりに聞いたその声に私は思わず固まってしまいます。

(ど、どうして……この声がここで聞こえるんですか⁉)

先程の浮かれた気持ちが一瞬にして消え去り、疑問と、そして——戸惑いが、私の頭の中を支配する。

何で、こんな場所にこの人の声が聞こえるのでしょうか……？　私はやっぱり逃げちゃいけないのでしょうか？

折角、こんな幸せな気持ちを味わっていたのに……私はやっぱり逃げちゃいけないのでしょうか？

私は恐る恐る後ろを振り向く。

気のせいであってほしい。そんなわずかな希望を抱きながら。

そして、振り向いた先にはスーツを着た男性二人と、一人の女性の姿がありました。

「久しぶりね、ステラ。腑《ふ》抜けた顔が残っているようで残念です」

「……叔母さん」

その希望は、やはり叶《かな》わなかった。

◆◆◆

「くそっ……三十路過ぎのババァ達は化け物か！」

一人、特売セールの商品の豚肉を買いに行った俺は何の戦果もなく、柊のいる場所へと愚痴を零しながら戻っていた。

別に、当初懸念《けねん》していた売り切れということはなかったのだが、豚肉が売っている場所には大勢の主婦たちが押し寄せていた。

俺は売り切れる前に必死で豚肉をゲットしようとしたのだが、あえなく食品売り場という戦場の塵《ちり》になってしまった。

……おそるべし、三十路過ぎのババァ達。

俺の体当たりをものともせず、豚肉の下に行かせてくれなかった。

……もういいよ、帰りに近くのスーパーで買うから。覚えとけよ！　次こそお前達に勝ってやるからな！

そんなことを思いつつ、俺は柊が待っている中央広場へと到着した。

……何だかんだ女の子を一人で放置してしまった。

今になって罪悪感が湧き上がってくる。

あとで、お詫《わ》びとして昼飯でも奢《おご》ってやらないとな。

「すまん、柊。待たせてしまった……な？」

俺はベンチに座っている柊を見つけ、急ぎ足で駆け寄る。

――しかし、

「如月さん……もう、お買い物は大丈夫なのですか？」

しかし、柊は今にも消え入りそうな雰囲気のまま、ベンチに呆然《ぼうぜん》と座っていた。

……どうして、そんな今にでも泣きそうな顔をしているんだ？

本人は俺に気付いて笑いかけているが、その笑みは……どこか無理矢理作っているものにしか見えなかった。

すり減っており、傷つき、それでも何事もなかったかのように振る舞おうとしている。

人の心がガラスというものに守られているのだとしたら、彼女のガラスにはヒビが入り、亀裂が大きくなり、少しでも触れてしまえば心も一緒に壊れてしまう……そんな状態。

先程の楽しそうな雰囲気とは違い、今はとても悲しそうに見えた。

(俺がいない間に、何があったんだ……？)

「……さぁ、次はどこに行きますか？　如月さんのお洋服を買いに行きましょうか？」

……やめてくれ。

「その前に、軽くお食事でもしますか？」

そんな顔で、何事もなかったように振る舞わないでくれ。

「それとも、如月さんの行きたい場所に行きますか？」

今の柊は——正直、見ていたくない。

だから、

「帰るぞ」

「……え？　ど、どうしたんですか、急に？」

俺は柊の手を取り、その場から立ち去ろうとする。

その突然の行動に柊は戸惑っていたが、俺は無視して出口へと向かう。

「な、何か用事でもあるのですか？」

「……特に用事はない——けど、今の柊はダメだ」

「……」

俺がそう言うと、柊は心当たりがあるのか、俯《うつむ》いて黙ってしまった。

そして、俺は柊の手を引っ張り、そのままショッピングモールをあとにした。

きっと、このまま買い物を続けても、きっと楽しくない。

それ以上に、こんな柊を放っておけない。

今の柊を見ていると……俺もとてつもなく苦しいから。

こうして、俺達のデートは終わった。

十二章　聖女様が抱えるもの

柊《ひいらぎ》とは、家に着くまで一言も話さなかった。

電車の中や、二人で並んで歩いている時もお互いの間には無言の空気が続き、ただ手を繋《つな》いで帰った。

不思議とこの時の俺は柊の手の感触に喜ぶことはなく、ただただ彼女が悲しそうにしていることだけが頭に浮かんだ。

もしかしたら、俺が離れなければ柊は悲しまずに済んだのかもしれない。

だからこそ、俺は彼女に何かしてあげたい。

けど、俺にできることなんて果たしてあるのだろうか？

「すまん、無理矢理連れて帰るような真似《まね》しちまって……」

「いえ、大丈夫です……」

とりあえず、柊を俺の部屋に入れたのはいいものの、これといって何か元気づける策があるわけでもない。

帰らせたくて帰って来ただけ。それからというプランは、何かしてあげたいだけで止まっていた。

ただ、お互いの間に沈黙が続く。

無理矢理に話してもらうのは、違うと思う。

何かあったのは分かっている。そのせいで柊が傷ついているのも感じている。

しかし、彼女が話したくないのであればそっとしておいてやりたい。

自分で解決できるのであればよし。支えが必要なのであれば、その支えになればいい。

そうしよう……今は彼女の中で答えが出るまでそっとしておいてやろう。

俺はまずは飲み物を、と思いキッチンへと向かう。

「コーヒーでも飲めば、少しは落ち着いてくれるかな？」

そんなことを思いながらインスタントのコーヒーを作り、新しく買ったマグカップに注ぐと、そのまま柊の下に持っていく。

――――すると、

「ちょ、お前！　大丈夫か⁉」

慌ててマグカップを置き、柊の下に駆け寄る。

少し目を離していただけなのに、彼女の目からは大粒の涙が零れていた。

「……あ」

泣きじゃくることもなく、ただ涙を流すだけ。それが俺にとっては不気味で、それだけ追い詰められている証拠なんだと感じてしまった。

（あぁ……くそっ！）

だからこそ、俺は己を悔いた。

悠長に話してくれるのを待とうなんて思わずに、無理やりにでも聞かなくてはいけないんだと……理解させられた。

俺は己の中に後悔と罪悪感を抱き、柊の涙をそっと拭う。

「なぁ、柊？　何があったんだ？」

すると彼女は肩を震わせ、俺に顔を向けた。

「如月《きさらぎ》さん……」

今にも消え入りそうな声で、俺の名を呼ぶ。

「相談……乗ってください……」

始めて、彼女の弱い部分を見た気がする。

誰にでも見せる弱い部分ではなく、柊の心の中核にある弱い部分。

俺は消えてしまわないように、折れてしまわないように、彼女をそっと抱きしめた。

「……あぁ、聞かせてくれ」

少しでも、そんな彼女の支えになりたい。

そう、伝わってほしい。

◆◆◆

「私……両親がいないんです。私が物心つく前に事故で亡《な》くなってしまって、お母さん達と過ごした思い出なんて少ししかないんです」

彼女は、ゆっくりと震える体を抑えるように俺を強く抱きしめる。

「しかし、私は孤独というわけでもありません。すぐに、父方の叔母が引き取ってくれました」

だから私は日本育ちなんですよ、と。柊は覇気のない笑みを浮かべた。

物心ついた時から親がいない。

その事実を、一体柊はどう受け止めているのか？

まったく記憶になければ違ったかもしれない。でも、物心ついた時と言うのであれば、産みの親の温《ぬく》もりは覚えてしまっているはずだ。

その思い出は少しでも……柊にとっては忘れることのできない記憶。

きっと、複雑な気分だったのだろう。その程度でしか、表現ができない。

「引き取ってくれた叔母さんの家庭って、結構お金持ちなんです」

柊は、俺の胸の中でぽつりと言葉を紡《つむ》ぐ。

「大きな家に豪華な食事、お手伝いさんもいて、何一つ不自由のない生活を送っていました」

それは、薄々と分かっていた。

今回、調理器具を揃《そろ》えると言った時も、なんの迷いもなく家電製品を購入している姿は、どこかのお金持ちなんだろうなと思っていた。

「一人では生きていけません。身寄りがいなくなった私を拾ってくれた叔母さんには、もちろん感謝しています」

……けど、と。そう紡ごうとした柊の体は冷たく、震えていた。

だから、頑張れと。そう思って欲しくてぎゅっと強く抱きしめる。

「叔母さんは良くも悪くもとても厳格な人でした。高い位に居続けることを強要し、私に常に上を目指すよう日頃から口酸《す》っぱく言ってきました。おかげで耳に胼胝《たこ》です」

「………」

「重圧です。幼い頃の私は慣れない環境を唐突に押し付けられたことに押しつぶされそうになりました。お母さん達がくれた温もりもない、今まで住んでいた思い出のあるお家《うち》もない。そんな色んな環境が変わった矢先に叔母さんが現れたんです……子供の頃だったからですかね。今でも、叔母さんが怖いんです。高い位を強要してくる叔母さんの声が、姿が、存在が……私は怖いんです」

子供の頃の印象は根強いものだ。

小さい頃から習い続けたことが今でも滲《し》み込んでしまっているように、印象やイメージというものは簡単に払拭《ふっしょく》できない。

拭いたいと思っていても、克服したいと思っていても、子供という枠から飛び出せないうちは中々簡単に克服できるものではないだろう。

だから柊は……怖いんだ。

「ずっと、ずっと、ずーっと……上を目指して、気品と礼節を身に着けて、怒られないように、怒られないように……頑張ってきたように思います。その頃の私は、頑張ったと思っていました――でも、叔母さんの期待には応えられませんでした。どうしても、高い位を目指せという言葉が身に当たります。勉強ができないのがいい証拠です」

「それは……」

言葉を紡ごうとして、俺はグッと飲み込んだ。

きっと、今出ようとした気休めの言葉なんて余計に彼女を傷つけてしまうだけだと思ったから。

「そんな日々が耐えられなくて、私は高校に上がった際に家を出ました。重圧から、叔母さんから、冷たいものしかなかったあの環境から……逃げちゃいました。一応、ちゃんと叔母さんには言いました。だからこうして一人で暮らせるぐらいのお金もいただいています。けど……最後に見せた失望のような目が……今でも頭から離れないんです」

「……」

「離れないからってわけじゃありません。ここに来た時、私は思っちゃったんです……「逃げてばかりでいいんですか？」って。逃げただけじゃ、意味がないって。最後に向けられた目をどうにかしたいなって、いつかお母さん達のような瞳を向けてほしいなって……だから、これからは一人で過ごして、自立して、叔母さんに褒めてほしいんです。でも、結局私は一人では何もできなくて、変わってなくて、今日叔母さんに出会ってしまった時に……それを余計に実感しちゃって……あの瞳を見てしまうと、私はあの頃の私から……か、変わってないんだなっておもっ……おもっで……」

そして、彼女の中で限界がきたのか、消え入りそうな声から嗚咽《おえつ》の混じった心の叫びへと変わる。

「私って、どうしてもダメなんでしょうか……？　いくら勉強や交友関係を頑張っても……根っこの部分は変われないのでしょうか……？　私は……変われないんでしょうか……っ？　……変わる、ことなんてできるのでしょうか……？」

あぁ……そうか。

彼女は、今までたくさんのことを抱え、明るく振る舞いながらも、どんどん傷ついていった——可哀想《かわいそう》な子だ。

聖女様と呼ばれていても、理不尽な現実に叩《たた》かれ、多くの重圧の上に努力という言葉に縛られてしまった、一人の女の子なんだ。

どうして気づいてやれなかったんだろう……そんな後悔が押し寄せる。

「如月さん……私……」

大粒の涙を流しながら、彼女は俺の顔を見上げる。

そんな彼女に俺は——

「なぁ、柊……」

彼女の支えになれるよう、己の想《おも》いを口にしよう。

◆◆◆

「柊にどんな辛《つら》い過去があって、苦しんで、ここに逃げてきて、頑張ろうとしてきたのか……正直、俺には分からない」

俺は胸から伝わる暖かい感触を、優しく安心させるようにそっと撫《な》でる。

柊の小さな嗚咽が、俺の耳によく聞こえていた。

「きっと、お前は苦しんだんだろうさ。ご両親が亡くなった悲しみや、思い出が思い出でしかなくなった心の痛み、そして上で居続けることを強要された重み——けど、その辛さを、俺は分かち合ってやることはできない」

両親がいなくなった悲しみは分からない。まだ、俺の両親は生きているから。

思い出が消えてしまった心の痛みは分からない。俺の中では、思い出が消えても新しく作り直せたのだから。

上を目指せと強要されたプレッシャーは分からない。俺は、伸び伸びと過ごさせてもらってきたから。

だから、彼女の気持ちは理解することができない。

けど、柊がどれほど辛い思いをしてきたのかは、今の姿を見れば痛いほどに分かってしまう。

「けど、お前はよくやったと思うよ」

俺は柊の顔を上にあげ、しっかりと彼女の瞳を見据える。

しっかり、この思いが届くように。

「柊はそんな辛い過去があっても、今まで一人で笑って過ごしてきた。それは、並大抵のことではないと分かっている。人は辛い現実に中々向き合えることができない生き物だ。下を向き、立ち止まり、嘆き、悲しみ、そして打ち砕かれる」

人は、誰かの支えがあってこそ、前に進んでいける。

一人で前に進むことには限界があって、どうしても立ち止まってしまう。

前に進むための手綱が見当たらなくて、起きる手段が見当たらなくて、妥協という諦めの言葉が自分の足を重くする。

だからこそ、互いに支え合い、前を向き、一緒に踏み出していく必要がある。

けど、その支えも必要とせず、彼女は今まで気持ちを奮い立たしてでも一人で前に進んできたんだ。

過去に囚《とら》われているかもしれない、現実から目を逸《そ》らしているだけかもしれない、己の辛さから逃げてしまっているだけかもしれない。

それでも、彼女は今まで前に向かって歩いてきた。

あの時の勉強会での柊を見れば、それは分かってしまう。

「お前は凄《すご》い。逃げたかもしれないが、それでも変わろうとこうして努力してきた。柊が変わっていないと思っていて、実際にはそうかもしれないが間違いなく変わろうとしている。それは、下を向くようなものじゃない。上を向いて胸を張って褒められるべきものだ。今までしっかり歩いてきたお前を、俺はこれでもかって言うくらい褒めてやりたいよ

――頑張ったな、偉いよ柊は」

「……ッ⁉」

柊の肩が一瞬だけ震えた。

そして、先程よりも、彼女の嗚咽がよく聞こえてくる。

「だからさ、一回休んでもいいんじゃないか？　お前は誰にも恥じることのないくらい頑張ったんだ。逃げた後でも、もう一回ぐらいは羽を休ませて立ち止まろうぜ――俺も、一緒に止まっていてやるからさ」

「……いいのですか？」

「あぁ……休んだっていい――俺も一緒に休んでやる。もう一回逃げてもいい――俺が一緒に逃げて、更にもう一回背中を押してやる。いつかは向き合わないといけないかもしれない、叔母さんの期待に応えられるような女の子になりたいのかもしれない。でも、今はゆっくり休もうぜ。お前は、よく頑張ってきたんだから」

彼女が辛い現実から逃げてきたのなら、一緒に逃げてやろう。

彼女が頑張りたいともう一度決意するのであれば、俺は横で見守って褒めてやろう。

一緒に立ち止まってほしいなら、喜んで立ち止まろう。

「私……疲れちゃいました」

「そうだな……頑張ってきたもんな」

「……私には何もなくて……っ！　けど…っ、それでも前を向かなくちゃって！　叔母さんの期待に応えられるように……あの瞳を向けられたくなくて……笑って誤魔化してきて……こんな私じゃ応えられないと分かっていてもっ！　……こんな弱い自分でもっ、見てもらいたいと思って……頑張ってきて……ッ！」

柊は、己の抱えていた気持ちを一気に零《こぼ》す。

大きな泣き声とかではなく、小さく、けれど溢《あふ》れんばかりの想いを込めて、涙とともに吐き出した。

だから、そんな柊を逃がさないようにと、支えてあげようと、しっかりと抱きしめる。

肩越しに伝わってくる温かい涙を、もっと流して楽になってほしいと思いながら。

「俺がしっかり見ていてやるから。お前がいくら弱いと思っていても、俺は強いと思っているよ。前を向きたくなったら、俺が無理矢理にでも前を向かせてやる」

「……はいっ」

「どのレベルで高いのかは分かんないけど、少なくとも俺よりかはすごい。知ってるか？　俺って、掃除ができないんだぜ？」

「……そうですね。如月さんは、私がいないと……ダメですもんね」

「だろ？」

柊は、未《いま》だに涙を流しながらも、その表情には笑みが作られていた。

そのことに、俺は安堵《あんど》する。

「頑張ってもいい、逃げてもいい。自分が変わってないって満足しないなら、満足するまで褒めて、褒めて、褒めちぎって……最後には笑って「すげぇよ」って言ってやる。お前が自分に納得するまで、叔母さんに認めてもらえるまでずーっと、な」

柊は、自分が思っているような弱い女の子じゃない。

料理はできない、勉強も、運動もできないかもしれない。結果だけ見れば、位の低い場所にいるんだと思う。

だけど、それ以上の魅力が彼女にはある。

容姿だけじゃない。他者を思いやれる優しさや、変わろうとするひた向きな性格や、誰かを元気にさせてくれるような明るさ、温かくしてくれるような柔らかい瞳。

その全てが、彼女の魅力だ。そんな人間が、弱い人間のはずがない。位が低いわけじゃない。

今は無理でも……いつかは、叔母さんを認めさせるような女の子になっているはずなんだ。

「私……きっと、これからも叔母さんのことを思い出して怯《おび》えちゃうと思います……」

「そしたら、俺が傍《そば》にいてやるから。こうして、気持ちが楽になるまで話を聞いてやる。克服したいんなら、一緒に手でも握ってやる」

「私……頑張りすぎちゃっていっぱい迷惑をかけちゃうと思います……」

「おう、どんとこいってんだ。それに、俺もお前に迷惑かけてしまうと思うからな」

「ちゃんと……見ていてくださいね……」

「あぁ、しっかり双眼鏡を持って、特等席で見ていてやるよ。今のうちに席でも予約しておくか？」

柊は泣いているものの、その表情はどこかスッキリしていた。

そして、彼女は俺の胸に再び顔を埋《うず》め、強く抱きしめてくる。

「だから……しばらくは、休ませてください……」

「もし、お前の叔母さんが現れたら「うっせー」って言ってやれ。そんで「今に見てろ！」って言い返してやれ。怖くても、俺がしっかり守ってやるからさ」

「……頼もしい、ですね」

静寂が、俺の部屋を包み込む。

それ以上、俺達は言葉を交わさなかった。

ただ、互いの温《ぬく》もりを感じるように、強く抱き締めているだけ。

不思議と嫌な気持ちはせず、俺の心は落ち着いていた。

柊が立ち直ってくれたかは分からない。きっと、俺の言葉だけではすぐには解決しないだろう。

それでも、今は彼女の支えとなれたのなら、俺はそれでよかった。


たった数日。

彼女と過ごしたのは、まだ長いわけでもなく短い。

けれども、俺の中では、柊の存在は大きなものとなっていた。

悲しむ顔は見たくない、支えになってあげたいと思うほどに。


俺は、彼女のことをどう思っているのだろうか……？

それは、まだ分からないけれど——とにかく、彼女が少しでも気が楽になってくれたのなら、それでよしとしよう。

こうして、初めてのデートは、本当の意味で幕を下ろした。

十三章　その後の空気

静寂に包まれてから三十分。

柊《ひいらぎ》からは小さな嗚咽《おえつ》が聞こえなくなり、泣き止《や》んだと分かったのは、しばらく経《た》ってのことだった。

そして、今では抱き合うこともなく、できるだけ離れた位置で、俺達は床に座っている。

「「……」」

柊は既に泣き止んでおり、本来であれば「あ、そういえばさー」とか「昼ご飯食べてなかったけど、どうする？」などの会話が生まれてもおかしくないはず。

しかし！　一体なんだこの気まずい空気は⁉

……あぁ、分かっているさ。この気まずい空気が何故《なぜ》生まれているのかくらい。

（やべっ⁉　すっげぇ、恥ずかしいっ！）

そう、単なる羞恥心から生まれただけである。

だってそうでしょ⁉　今、思い返してみればあんな自分に酔ったセリフをよく言えたもんだなって思うよ⁉　「俺が守ってやるからさ……」って恥ずかし気もなく堂々と言えたなーって褒めてやりたいよ！

あの時はなんというか……勢いで言ってしまった節があるからさ。こうやって落ち着いてしまうと、一気に恥ずかしさが生まれるんだよね……。

柊も柊で、何が恥ずかしかったのか、布団《ふとん》を覆いかぶせて丸まっているし……そして、何故か顔だけ出して震えている。

……やばい、小動物みたいで可愛《かわい》い。でも大丈夫？　俺の布団だよ？

しかし、いつまで経ってもこの気まずい空気ではよろしくない。

これだと、これからの関係に影響を及ぼしてしまうかもしれん……。

ここは男として、率先してこの気まずい空気をどうにかしなければ！

「なぁ……柊」

「ッ⁉」

声をかけただけで、柊の体がビクッと震える。

「風呂《ふろ》に入ろうか」

「………」

柊は顔までも布団の中に潜り込ませてしまった。

……いかん、何故か分からんがセリフを間違えてしまったようだ。

確かに、これではただ単に空気が読めない変態さんだったな。

俺はただ、この気まずい空気を打破したかったのと、先程抱きしめていた時に汗をかいていたかもしれないという懸念《けねん》の下、あのようなセリフを言っただけにすぎない。

……これは早急に訂正しなければ。

「勘違いしないでくれ柊」

すると、ひょこっとだけ、柊は布団から顔を出した。

若干疑わしそうな目をしているが、ここはきっちり勘違いされないように伝えないと

――

「俺は柊に服を脱いでほしいだけなんだ」

「………」

柊は、さらに俺から距離をとるように離れてしまった。

……どこでセリフを間違えた？

今回はちゃんと汗をかいた服を着ていると風邪をひくから、その服を脱いでくれと言いたかっただけなのに……しくしく。

いいもん、たとえ柊に変態だと思われてしまわれようが、支えていくって決めたんだから。

……とりあえず、先程の気まずい空気より、状況が悪くなってしまっているように感じるから、何とかしないと。

仕方ない。ここは正義の味方を呼ぶしかないようだ。

即座に行動することこそ吉。だから俺は急いでポケットから携帯を取り出した。

――そして、数十分後。

「「何、この空気……」」

「……助けて」

気まずい空気は未だに続いており、何とか打破できそうなヒーロー――藤堂《とうどう》と颯太《そうた》を召喚することにした。

何故か、二人は声を揃《そろ》えて驚いていたが、そんなことよりも早くこの空気を何とかしてほしい。

「真中《まなか》、一体何があったの？」

「……助けて」

「助けてって言われても……」

頼むよぉ……親友じゃないか……。親友のピンチを助けてくれよぉ……。

この空気、もう耐えられないんだ。

あと、どうにかして柊の誤解を解いてほしい。

「ねぇ、ステラ？　布団の中で丸まって、どうしたのよ？」

一方で、藤堂はベッドの端で丸まっている柊に話しかけに行った。

「じ、実は――――」

◆◆◆

「如月《きさらぎ》、歯を食いしばりなさい」

「待て待て待て」

現在、俺はスタンガンを構えた藤堂に追い詰められていた。

おかしい、俺達を助けてくれるヒーローを呼んだはずなのに、どうして俺が倒されようとしているんだ？

「誤解だ、藤堂」

「何が誤解なのよ？　言ってみなさい？　特別に一言だけ弁明を許すわ」

「……一言だけなの？」

今時の裁判でももうちょい弁明させてくれると思うが……まぁ、一言あれば十分だろう。

「あぁ、実は――」

「弁明終了ね、歯を食いしばりなさい」

「まだ「実は」しか言ってないだろう⁉」

横暴すぎないこの子⁉　何の弁明もできずに処罰されるなんて、魔女裁判じゃないの⁉

「だって、女子に風呂に入るかと誘った挙句、服を脱げだなんて完全にセクハラじゃない」

「確かに、それはセクハラで訴えられても仕方ないよね……」

「それは誤解だ。俺はただ、色々あって汗をかいただろうから、自分の部屋に行って風呂に入って来いって言ったつもりだし、服を脱げって言ったのも、風邪をひくかもしれないと心配してだな……」

「言葉足らずにも程があるでしょうが！」

「いだぁい⁉」

どうして殴るのさ⁉　俺はただ柊を心配してのことだと言うのに⁉

「……はぁ、だそうよステラ」

藤堂は大きな溜め息をつき柊に向かってそう言うと、聖女様はおずおずと布団から顔を出した。

「そ、そうだったんですか……」

「今回は如月が全面的に悪いけど、ステラもしっかりしないとダメよ？」

「は、はい……すみません」

誤解は解けた……のか？

何故か俺だけが悪いみたいな言い方をされているが、誤解が解けたのならよしとしよう。

……あぁ、頬が痛い。

◆◆◆

(※藤堂視点)

「すみません、深雪《みゆき》さん……」

「いいわよ別に――それで、話したいことって何？」

「実は……」

私は今、ステラの部屋にいる。

なんでも、相談したいことがあるとか。

部屋の真ん中にあるテーブルに向かい合うように、私とステラは座っている。

……ほんと、今日は二人に何があったというのよ。

デート中に「助けて、正義の味方よ！　おいらのピンチを救ってくれ！」って言われて急に呼び出されるし、急いであいつの部屋に来たら変な空気に包まれているし……。

その前に、ステラがあいつの部屋にいることにも驚いたわ。

しかも、男がいつも寝ている布団をかぶって丸まっているし……意外と馴染《なじ》んでいるように見えた。

そして、何だかんだ誤解があったみたいで、解決したと思ったら「み、深雪さん！　お話が……」と言われて、私だけステラの部屋に連れてこられるし……一体何があったのよ？

というか、同じアパートに住んでいたのね。

何か、今日は驚いてばっかだわ……。

「きょ、今日……如月さんとデートしたんです」

「あら？　よかったじゃない」

普段から仲がいいように見えるから、もうデートはしているものだと思ったのだけど、どうやら今日が初めてだったみたいね。

「そ、それで……ショッピングモールに行って、お買い物したり、手を繋《つな》いだり……楽しかったのです」

私は惚気《のろけ》を聞かされようとしているの？

そんなことを言ったら、私もさっきまで颯太と手を繋いだり、買い物してたわよ。

「で、ですが……詳しくはお話しできないのですけど、途中に私が落ち込むようなことがありまして……デートは中止になりました」

「……ふーん」

落ち込むようなこと――というのが気になるけど……ステラが話したがらないのであれば、無理に聞くわけにはいかないわね。

私は持ってきたペットボトルを手でいじりながら、ステラの話を聞く。

「それで、如月さんが落ち込んだ私を心配してくれて、部屋とへ連れてきてくれました。そこで私は耐え切れなくなって、泣いてしまいました」

「それは……大丈夫なの？」

「はい、今は大丈夫です。如月さんが私を慰めてくれましたから……」

よかった……。

私はそっと胸を撫《な》でおろす。

これでも、私はステラのことは友達だと思っているから……泣いたなんて聞かされたら、心配してしまうもの。

やっぱり、あいつが側《そば》にいると頼りになるわね。

「それで？　結局、何を相談したいわけ？」

「は、はい……」

そして、ステラは顔を赤くして恥ずかしそうに体をモジモジさせる。

「あ、あの！　私、何故《なぜ》か如月さんと一緒にいるとドキドキするんですっ！」

「……はい？」

私はステラの発言に、思わず変な声が出てしまう。

「前から如月さんと一緒にいると、胸がドキドキしたり、顔が熱くなったり、幸せだなぁって思ったり、安心したり、ドキドキさせてみたい……って思ってはいたのですが、今回の件で余計にその気持ちが強くなってしまいまして……」

そして、ステラは近くに置いてあったハート形のクッションを拾って顔を埋《うず》めると、不安そうに口を開いた。

「この気持ちって、一体何なのでしょうか……？　私、この気持ちが分からなくて、不安で……相談に乗ってほしかったんです……」

私は、その話を聞いて——目を白黒させていた。

（……え？　ステラって、気づいてなかったの？）

というか、その気持ちを知らなかったことに驚きだわ。

百人が百人、その気持ちの正体を尋ねたら答えられるはずの問題を、まさかステラは知らなかったなんて……。

でも、ここで教えていいものなのかしら？

こういうのは、自分で気づいてこそ本物だと自信が持てるから。

けど、それじゃあいつまで経《た》っても気づきそうにないだろうし……。

（あぁ、もう！　こうなったら、やけだわ！　さっさと教えてあげて、直接サポートすることにする！）

私は若干やけくそになると、ステラに向かってその答えを言い放つ。

「いいステラ！　それは『恋』よ！」

「こ、恋ですか!?」

「えぇ、そうよ！　ずっと一緒にいたい、ドキドキする、幸せだなって思う——それは恋している証拠！　ステラは、あいつに恋してるの！　私も、颯太にそういう気持ちになってるから間違いないわ！」

私がそう言うと、ステラは顔をさらに真っ赤にさせた。

ステラのその気持ちは、どっからどう見ても恋だ。

逆に、今まで気づかなかったことにも驚きだし、傍《はた》から見ていてもステラが恋しているんだなぁ、っていうのは丸分かりだった。

どうせなら、この機を境にステラには頑張ってもらうわ。

あいつのためにも、初恋相手のことなんて忘れさせて、二人が結ばれるようにしましょう。

「恋……恋ですか……」

「どうかしたのかしら？」

ステラは、何やら考え込むように胸に手を当てて考えている。

もしかして、違っていたのかしら？

どこからどう見ても、恋だと思っていたのだけど……。

「い、いえ……深雪さんの言う通り、この気持ちは恋なんだなって思いまして。恋と言われた瞬間、妙に納得してしまったといいますか、不安な気持ちがストンと落ちていった気がしたといいますか……」

「そう……ならよかったわ」

「これが恋――私は如月さんのことが……好きになっていたんですね」

すると、ステラは再びクッションに顔を埋める。

以外にも、ステラはどこか落ち着いているように見えた。

……これで、ステラも自分の気持ちを理解してくれたわね。

後は、二人がくっついてくれれば一番。

そしたら、私の友達は二人とも幸せになってくれる――これほど、嬉《うれ》しいことはないわ。

ステラとは少しの時間しか関わってないけど、いい子だと分かっているし、恩人《きさらぎ》にも、この機会にあのクソ女の事なんか忘れて幸せになってもらいたい。

「そうと分かれば、これからはどんどんアピールしていくわよ！」

「ア、アピール……ですか？」

「そうよ！　如月はかなりの鈍感だし、意外とクラスの女子以外からはモテるわ！　もたもたしてると、ステラとあいつが付き合えないわ！」

「そ、それは……嫌ですね。私も、如月さんとお付き合いしたい……です」

あと、あいつが未だに初恋相手のことが好きという一番の問題があるけれど……今は言わないでおきましょう。

それは、もう少しステラが成長してからの方がいいと思うから。

恋を自覚し始めた時に、教えてしまったら――折れて、遠慮してしまうかもしれない。

「アピールして、最後はちゃんと『スキ』って言うの。私も応援するから頑張りなさい！

……そして、いつかダブルデートでもしましょ」

「は、はいっ！　ありがとうございます、深雪さん！　頑張ってアピールして……最後にはちゃんと『スキ』って言います！」

ステラは胸の前で両手で拳を作る。


これから、ステラは頑張っていくと思う。

恋をした女は強い――だから、多分ステラはどんどんあいつに近づいていくでしょうね。

もし、意気地なしなところを見せたら、私がひっぱたいてやるわ。

だから、覚悟しなさいよね如月。

あんたとステラを、絶対にくっつかせてやるんだから。

十四章　聖女様の行動が分からない

「ただいまー」

「た、ただいま戻りました」

玄関から二人の声が聞こえる。

どうやら二人が戻ってきたようだ。

一体、何の話をしに行ったのだろうか？

急に「み、深雪《みゆき》さん！　お話が……」と言い出したかと思ったら、部屋を飛び出して行くんだもの。

まったく……陰口なら、本人のいる前で言ってよね。

まだ、そっちの方が傷つかないから！

「おかえりー」

「意外と遅かったけど、どこに行ってたの？」

「ステラの部屋にお邪魔しに行ってたのよ」

「えぇ、深雪さんを招待したくて……」

なんだい、そういうことだったのか。

それならそうと言ってくれればよかったのにー。陰口を叩かれてるんじゃないかって心配だったんだぞ★

「まぁ、二人とも座ってくれや」

俺は二人をテーブルに促す。

「そういえば、これは二人が作ったの？」

藤堂《とうどう》がテーブルにあるパエリアを見て指をさした。

「そうだね、真中《まなか》と一緒に作ったんだよ」

「颯太《そうた》から、まだ飯食べてないという情報を聞いてな。俺達も食べてなかったし、急に呼び出してしまったお詫《わ》びも兼ねて作った」

「そう？　じゃあ、頂こうかしら」

「私もいいのですか？」

「柊《ひいらぎ》は……その、さっきの誤解させてしまったお詫び……です」

「ふふっ、そうですか」

俺が謝罪の気持ちを口にすると、柊は嬉しそうに笑った。

藤堂は颯太の隣に座る。

残る柊は必然的に俺の隣に座ってくるのだけど――

「……なぁ、柊さんや？」

「何でしょうか？」

「……近くない？」

「近くありません。適切な距離です」

「……そ、そう」

柊は、折角四人均等に配置した料理の前に座ることなく、何故か俺と肩がぶつかるほどの距離に座った。

……やっぱり、おかしくない？

さっきと同じいい匂いがするし、横を向いたら柊の顔が間近に見えるし――いや、さっき柊を抱きしめた時よりかは少し離れてるよ？

けどさ……あの時は状況が状況だったし、今はシラフだからすっごい意識してしまう。

やべぇ……凄いドキドキする。

「さ、さぁ！　冷めないうちに食べてくれ！」

「「「いただきまーす」」」

◆◆◆

「それにしても、桜木《さくらぎ》さんはお料理ができるのですね」

「あ〜ん――そうだね、家で手伝いすることが多かったから」

パクリ、と。

「深雪《みゆき》さんはお料理できるのですか？」

「あ〜ん♪　――まぁ、私は女の子として最低限のレベルだけならできるわよ」

パクリ、と。

「うっ⁉　……な、何故《なぜ》か、心が傷つけられたような気がします」

……俺は何を見せつけられているのだろうか？

目の前では会話をしながら、ゆっくりと親友達が食べさせ合いっこをしている姿。

離れていた二人の距離はいつの間にか俺達と同じくらいの距離まで近づき、今となってはお互いの手を絡《から》ませながら肩を寄せ合っている。

……何故、普通に食べようとしないの？　イチャイチャしないと死んじゃう病にでもかかってるのかな？

こっちは糖分過多で死んでしまうよ。

「柊、棚から塩を一袋持ってきてくれないか？」

「ダメです、お二人の邪魔をしてはいけませんよ」

そうは言うが、あれはあかんやろ。

だって、ここ他人の家だよ？　そういうのって二人きりの時にするものじゃないかな？

だから、二人に塩を撒《ま》いてやりたい。

……けど、今回は柊の件もそうだし、来てくれたことには感謝している。

だから……ッ！　今日だけは……ァ！　が、我慢……してやろう！

しかし、俺の甘々な気持ちは薄れることはない。

「すまん柊。ちょっとこのパエリア、塩が足りてないみたいなんだ」

「そうですか、でも程よい塩加減だと思うので、かけなくても大丈夫です」

どうして、彼女は塩をかけさせてくれないのだろう？

いいじゃん、別にかけたってさ。こっちは甘々な光景見せられて、塩がほしいんだよ。

何か、距離は近いくせに柊が冷たい……。

仕方ないので、何故か甘く感じるパエリアを黙々と食べる。

……やっぱり、甘いや。

「如月さん、ほっぺにご飯粒がついてますよ」

「ん？　そっか、ありが――」

「とってあげますね」

柊は俺の顔に手を伸ばし、ほっぺについているご飯粒をとってくれた。

そして、その粒を――パクリ。

「……ありがとう」

「ふふっ、どういたしまして」

俺が小さくお礼を言うと、柊は嬉しそうに笑った。

……やばい、今のはとにかくやばかった。

だって――

（どうして、そのまま食べちゃうの⁉　それに、めっちゃ顔近かったし⁉）

パニック状態。

平静を装《よそお》ってはいるものの、内心では柊の顔やら唇やら匂いやらなんやらが頭から離れず、俺は混乱状態に陥っていた。

一瞬でも気を抜けば、顔から湯気が出そうなほど真っ赤になってしまうだろう。

今でも、こんなにドキドキしているから……。

しかし、何故柊はこんな行動に出たのだろうか？

いつもなら、恥ずかしがって指摘するだけで終わっていたはずなのに、それが『指摘→とってくれる→食べる』だぞ？

彼女の心境に、一体何があったというのか……？

「如月《きさらぎ》さん」

「なんじゃい、お嬢さん？」

「どうして、そんな歳《とし》をとったおじいちゃんみたいな言い方をするんですか？」

いかんいかん。

軽いパニックで、口調がおかしなことになってしまった。

しかし、一体俺に何の用だろ――いや、待て待て待て。

「柊さんや」

「何ですか？」

「その手に持っているスプーンは、あなたが食べる用ですよね？」

柊の手には、一口分のパエリアを乗せたスプーンが握られていた。

しかも、ご丁寧に俺の方に向けて。

はっはっはっー、それは君が食べるんだよね？　颯太達の真似《まね》をしようとしているわけじゃないんだよね？

「何を言っているんですか、如月さん」

「だよねー！　いやー、俺も柊がそんなことしないと思っ――」

「はい……あ、あーん」

「本当にどうした柊⁉」

何を血迷ったんだよ柊さんは⁉

だって、そのスプーンって君が食べていたものだよね⁉　間接キスになっちゃうけどいいの⁉

「う、うぅ……っ！」

俺があれこれ考えていると、次第に柊の顔が真っ赤に染まっていく。

……きっと、己の行動を恥ずかしく感じたのだろう。

だったら、しなきゃいいのに……。

しかし、柊が何を考えて『あーん』をしようとしているのかは分からないが、こんなに頑張っているのに、拒んでもいいのだろうか？　――否！

折角、彼女が勇気を振り絞って『あーん』をしているのだ！　男がそれに応えないでどうする⁉

どうして勇気を出して『あーん』をしているか分からないけども！

それに、もしかしたらこの先、こんな美少女に『あーん』をしてもらえる機会なんて滅多にないかもしれない！

だから——男、如月真中！　行っきまーす！

「あ、あーん」

俺はわずかばかりの恥ずかしさを堪え、柊が差し出してきたパエリアを頬張《ほおば》る。

……う、うん。これ、結構恥ずかしかったわ。

「ど、どうですか……？」

「……美味《おい》しいです」

「そうでしゅか……」

噛《か》んだな？　貴様、噛むくらい恥ずかしがっているな？

……恥ずかしいならしなきゃいいのに。

柊は顔を真っ赤にして、俯《うつむ》いてしまった。

そして、多分俺の顔も真っ赤になっているだろう。

「あらあら、初々《ういうい》しいわね〜」

その光景を見ていた藤堂は、ニヤニヤとしながら笑っていた。

その顔は非常にムカつくが、今はかまってやる余裕がない——あぁ、もう……どうしてこんな恥ずかしい思いをしなきゃならんのだ。

◆◆◆

「じゃあ、私達は帰るから」

「また学校で会おうね」

「おう、今日は悪かったな」

「はい、また明日」

遅い昼飯を食べ終えると、颯太達は帰っていった。

何でも、まだデートの途中らしくこれから颯太の服を選びに行くらしい。

正直、もうちょっとここにいてほしかった気持ちはあるのだが、急に呼び出したのはこちら側なので仕方ないだろう。

まぁ、少し柊がおかしくなったと思うのだが、先程までのギクシャクした空気はもう感じられないので、いつも通り接することができそうだ。

それに、今日は色々な出来事があったから、柊も帰るかもしれないしな。

「柊、お前どうする？」

「どうする、とは？」

麦茶をちびちび飲んでいた柊に尋ねる。

テーブル越しには薄いピンクのシャツしか見えないため、いつもより可愛《かわい》らしい雰囲気を感じた。

「いや、今日は色々あっただろ？　疲れたかもしれないし、自分の部屋に戻るのかなーって」

「あぁ……そういうことですか。如月さんさえよければ、まだお邪魔してもいいですか？」

「別にそれは構わないが……」

男と二人きりで部屋にいるのはいかがなものだろうか？

……まぁ、といっても今更なのだが。

「うーん……けど、俺の部屋何もないぞ？」

ゲームもほとんどないし、漫画もラノベも柊が読みそうにないものばかりだ。

正直、俺の部屋では複数人が遊べるようなものがないし、時間潰しも退屈しのぎもおそらくできないだろう。

「教科書がありますよ？」

「こらこらこら」

退屈しのぎに勉強しろってか？　休日に？　ホリデーに？　勉強を？

「誰が楽しくて休日に勉強しなきゃなんねぇんだよ。そういうのは平日にまとめてやろうぜ」

「ですが、如月さんとのお勉強は楽しいです！」

「嬉《うれ》しいお言葉ありがとう」

休日でも勉強したい意欲はあるのに、本当にどうして英語ができないのか疑問しか湧かん。

中学の担任の顔が見てみたい。教え方間違っていましたよって言ってやりたい。

「っていうかさ、さっき『休もうぜ』って言ったばかりだろ？」

「でも、『頑張ってもいい』とも言ってくれましたよ？」

「『頑張ったな』って褒めもしたし――」

「では、これからもっと褒めてもらわなきゃですねっ！」

Oh……。

「も、もちろん如月さんさえよければの話ですよ!?　私だって、お休みなのに教えてもらうのは申し訳ないって気持ちはありますし……」

俺の様子を見て、柊は一歩引くように大人しくなる。

……確かに、本音を言えば休日に勉強なんて――とは思う。

だけど、せっかくやる気になっているんだし、そんなところに水を差したくはない。

「はぁ……いいよ、やろうか」

「い、いいんですか……？」

「男に二言はない。発言の責任ぐらいちゃんと取るさ」

前に教えた時も「テストの点数がよくなるまで付き合ってやるよ」って言ったし、今回も「頑張ってもいい」とか言ったしな。

ここで断るのも男らしくはないだろう。

それに、俺の部屋に何もないのは事実だから。ぼーっとするのも時間がもったいない。

「どうする？　俺の教材しかないから、自分の部屋に戻るか？」

「そ、そうですね……」

俺が声をかけると、柊はうわずった声で反応した。

更に、柊の顔が若干赤くなっているようにも見える……何故に？

「問題なければ、戻るのも手間なので如月さんの教材でお勉強してもいいでしょうか!?」

「う、うん……？　それは別に構わないが……」

どことなく、圧が凄《すご》い気がする。

そんなに戻る手間が嫌なのだろうか？　柊って、手間を惜しむように人間だったたっけ？

「(こ、こういうところで頑張らなきゃですよね、深雪さん……！)」

そして、何故《なぜ》か柊はブツブツと呟《つぶや》きながら拳を握り気合いを入れ始めた。

(……なんか、今日の柊って変だな)

さっきご飯を食べた時もそうだし、少し様子がおかしい気がする。

まぁ、病気ってわけでもなさそうだし、きっと何か心境の変化でもあったのだろう。

俺は脳裏に浮かんだ疑問を片隅に置いて、カバンから取り出した教材をテーブルに広げる。

すると――

「こら、お嬢さん」

「な、なんでしょうか？」

「どうして、俺の横に座るのかね？」

教材を広げた途端に柊が立ち上がり、そのまま俺の横に腰を下ろしてきたのだ。

「一つの教科書を見るんだったら、こっちの方が一緒に見やすいと思うんですっ！」

「それはそうなんだが……」

だったら持って来い、という言葉が口から出そうになる。

しかし、「構わない」と口にしたのは俺だ。ここで話を変えるのもおかしな話。

(だけど、また同じ状況……ッ!)

ご飯を食べていた時と同じぐらいの距離。

肩はすでに触れてしまっているし、艶《つや》やかな金髪が正面を向いていても自然に視界に入る。

仄《ほの》かに香る甘い匂いが俺の鼻腔《びこう》を刺激し、横を向くだけで柊の可愛らしい顔が目の前に迫ってしまう。

今は二人しかいなくてスペースも十分にあるのに、どうしてこんなに近いんだ……ッ!

「こ、これでも見えにくいですね……!」

柊は恥ずかしそうに頬を染めながら、どこか白々しそうに口にする。

そして――

「し、失礼します……ッ!」

……柊は、胡坐《あぐら》をかいていた俺の足の間へと再び腰を下ろした。

「これなら見えやすいですねっ!」

「そういう問題じゃねぇよ!」

確かに、これなら同じ角度で教科書が見られるから見やすいだろうよ!

けど、流石《さすが》にこれはおかしいんじゃないでしょうか⁉

だって、これもうほとんど抱き合ってるようなもんじゃない？　手を柊の腰に回すだけでハグが完了するんだよ？

別に嫌じゃない。こんな可愛い子にこんなことされて嬉しくないわけがない……ないんだが、

「なぁ……マジでどうした、柊？」

太ももには、柊の柔らかい感触が伝わってくる。先程とは違い、体全体がすでに触れあっている状態で、無防備に無防備を重ねた体勢になっている。小柄な柊だからか、視線を少し真下に下げるだけで胸元が覗《のぞ》けてしまう。

前より悪化しているこの状況は、柊が意図的に作ったものだ。

マジで、何があったんだよ？　いつもならしなかったじゃねぇか。

「ど、どうもしません……よ？」

「嘘《うそ》つけ。顔まで真っ赤じゃねぇか」

恥ずかしいんなら、するなよ。こっちまで恥ずかしいんだからさ。

「赤くなってるのは如月さんもです！　だからお互い様なんです！」

「何、その無茶苦茶な理論」

赤くさせたのはお前じゃねぇか、と。どうしてもツッコミたくなってしまう。

だが、そんな俺を他所《よそ》に柊は赤くなった顔を隠すように教科書に向き直った。

「さ、さぁ！　早速お勉強をしましょう！」

「あ、はい……結局、このままの体勢で勉強するのね」

大きな溜《た》め息が零《こぼ》れてしまう。

それと同時に、赤くなった顔がどうにも恥ずかしく思えてしまった。

（くそっ……今日は調子を狂わされてる気がする）

どうしてそうなったのか？

それは間違いなく……俺の足に座る彼女のせいだろう。

「……如月さんの心臓、バクバク鳴ってますね」

「誰のせいだと思ってんだ」

エピローグ

「この英文は『お願いしたい』っていう意味だ」

「『Please』が頭にあるからですか？」

「そうそう、分かってるじゃねぇか」

「えへへ……」

それからしばらくして。

室内に夕日が射《さ》し込み薄暗くなり始めた。

その頃まで時間が過ぎれば互いに羞恥と照れというものは幾分かマシになり、スムーズに勉強が進んでいくようになった。

「だから、この英文に対する答えは『Yes』か『No』だけでいい。理由付けをしろとも言われてないしな」

「では『Please eat rice together』の英文には『Yes』でいいってことですね！」

「ついでに補足しておくと『OK』とか『Of course』でもいい。というより、こっちの方がちゃんとした会話らしいから、できればそっちがいい」

なるほど、と。柊は理解しながらノートにまとめていく。

あれから結構時間も経《た》ったが、そういえば休憩も何もしてなかったことに気が付く。

というより、よくもこんな状況で数時間も勉強できたものである。

「ふふっ、なんだか問題がどんどん解けていくと、頭がよくなった気がします」

問題が解けたことに嬉しくなった柊《ひいらぎ》が俺の方に振り向いて小さく笑った。

端麗な顔立ちが間近に迫り、思わずドキッとしてしまう。

「まだ簡単な問題しか解いてないけどな」

「それでもですっ！　私は頭がよくなった気がします！」

「ほほう……？」

まだ二回しか勉強を教えていないのに、頭がよくなったと？　ふっ……勉強を甘く見すぎだぜ、お嬢さん。

仕方ない、ここはできる男がしっかりと現実を教えてやろう。

「じゃあ、頭がよくなった柊に俺が問題を出してやる。形式は、さっき解いた問題と同じ『質疑応答』だ」

「ばっちこいです！」

やめて、気合いを入れたいのは分かるけど胸を張らないで。

ただでさえ、君の胸を見下ろすような体勢なのに余計に目が行っちゃうでしょ？

「ま、まずは……What kind of music do you like?（あなたはどんな音楽が好きですか？）」

「Exactly（その通り）！」

理解に苦しむ返答だ。

「次は……There is a person lying down over there（あそこに倒れている人がいます）」

「Good luck（頑張って）……」

「助けに行ってやれよ」

励ます暇があったら助けてあげてほしい。倒れてるんだから。

「はぁ……な、分かったろ？　柊はまだまだ勉強する必要あるぐらいのレベルなんだからさ」

柊は、正直『頭がいい』というレベルではない。

成長したなとは思うけど、あまりここで褒めすぎて慢心――なんてことにはなってほしくないから、ここは自分のレベルをちゃんと理解してほしいところだ。

「そ、それは如月《きさらぎ》さんの問題が難しかったからです！」

「そうか？」

まぁ、多少難しい問題を出した気もするが……そこまで難しくはないと思う。

「そうですよ！　多分、如月さんだってこれぐらいの難しさの問題を出されたら答えられないはずです！」

「それは心外だな」

これでもテストではほぼ満点を取れるようなレベルの実力者だ。

答えられないと言われてしまうのは、どうにも聞き捨てならない。

少なくとも、柊みたいに人の危機を見捨てて応援するような返答は絶対にしない。

「よし、そんなことを言うなら柊も問題出してみろよ」

「いいんですか？」

「あぁ……俺が全部まともな会話としてちゃんと答えてやる。辞書を使ってもいいし、スマホで調べてもいい。自分が難しいって思う問題だろうが、実際の会話みたいに俺に話したいことや伝えたいことを形にした問題でも何でも構わねぇよ」

「つ、伝えたいこと……ッ⁉」

俺がそう言うと、柊はいきなり顔を真っ赤にさせる。

俺、なんかおかしなことでも言っただろうか？

別に顔を赤くさせる要素なんてなかったはずなんだが……。

「(伝えたいことって……ど、どうしましょう⁉　今がチャンスなのでしょうか⁉　今

「スキ」って言った方がいいんですか⁉　流石に早すぎるような気も……ッ！）」

　赤くなった頬に手を当てて、またしてもブツブツと呟き始める柊。

　おかしいな、こんなに至近距離なのに何言っているか全然分からない。

「おーい……柊さーん？」

「（ですが、頑張るって決めたばかりですし……もしかしたら、この機会を逃してしまえばいつまで経っても言えなくなってしまう可能性も――）」

　無視ですか、そうですか。

　自分の世界に入るのはいいけど……二人しかいないんだし、会話ぐらいしてくれたっていいじゃない、ぐすん。

「き、如月さんっ！」

　俺が目尻に涙を浮かべていると、柊は振り返ってようやく反応を示してくれた――んだが、何故《なぜ》かその瞳には決意たるものが宿っているように感じた。

　決意するような勝負だったっけ、これ？　頭がよくないって言ったことを根に持っている？

「あい……」

「ん？」

「あ、あい……あ、あい……らぶ……あいっ！」

しかし、柊は口をパクパクさせながら言葉になっていない単語ばかりを口にしてしまう。

こう、頑張って言おうとしているけど恥ずかしくて言えない……みたいな感じだった。

「らぶ……らぶ、ゆー……ら、らぶ……ッ！」

「なんて？」

「〜〜ッ！」

聞き返しただけなのに、柊は耳まで赤く染めたまま隠すように俺の胸に顔を埋《うず》めてくる。

どうやら、自分が口にしようとした言葉が恥ずかしすぎて限界に達してしまったのだろう。

「（無理です……！　今はまだ言えないですっ！）」

でもな？　どんな恥ずかしい内容を言おうとしたのか知らんが、男の胸に顔を埋める方が恥ずかしいからな？　あとで、冷静になった時は知らないからな？

……可能なら、今すぐやめてほしい。俺も結構キツいから。

――それから少しして。柊が俺の服の袖を握り締めながら、聞き取れるぐらいの小さな呟《つぶや》きを口にした。

「……Please date again（また、デートしてください）」

「…………」

柊の口にした問題が、不思議と脳裏に反芻《はんすう》される。

（デートして……かぁ）

確かに、今日のデートは中途半端《ちゅうとはんぱ》に終わってしまったし、柊は仕切り直せるのなら仕切り直したいのだろう。

柊にとっては向き合わないといけない現実に直面してしまったし、純粋に楽しめたかと言われれば、柊の叔母さんが現れてそれどころじゃなくなった。

だったら、今度こそ——そう、思っているのかもしれない。

どうして俺と柊とデートをしたいのか？　それにかんしては、どうしても思ってしまう。

別に、俺と柊は付き合っているわけでもない。

そんな関係ではないのは、互いに理解しているはずだ。

それに、柊という女の子と関わりを持ってからまだ一か月も経っていないんだから。

けど——

「Of course（もちろん）」

俺も楽しかったから。

やり直せるのなら、もう一度柊と出かけたい。

互いに抱える想《おも》いもなくしたまま、めいっぱい楽しい時間を一緒に過ごしたい。

最後に「楽しかったな」って、言えるような休日にして、先の見えない未来の自分が笑って思い返せるような……そんな休日にしたいんだ。

「……ありがとう、ございます」

そんなことを思いながら、頑張って言えた柊の頭を優しく撫《な》でた。

顔は見えないが、彼女は少し笑っていたような気がした。

◆◆◆

「じゃあね～！　楽しかったよ！」

「おう！　また遊ぼうな神無月！」

そう言って、私はクラスでも人気の高いバスケ部の男の子とお店の前で別れる。

別れた男の子は楽しそうに見えるが、私の心の中は違った。

(う～ん……もう飽きちゃったなー)

しばらく関わって、こうして遊ぶのにも飽きてきた。

だって、終始あの人って私にかっこいいところを見せようと必死なんだもん。

確かに好かれるのは気持ちいいけど、流石《さすが》に飽きたし気持ち悪い。

もうちょっと、一途《いちず》で好意を隠しつつも漏れてしまっているような男の子の方が断然気持ちがいいんだけど……。

（そうだ！　確か、あの子だったらぴったりかも！）

クラスは違うけど、同じ学校にいるあの子。

中学時代、私に好意を寄せていて見事に告白する前に振った男の子。

私の適当に言った好みに合わせようと努力してきた同級生。

そして、今でも私のことが好きな可哀想《かわいそう》な子。

あの子なら、今の私の欲を満たすには一番の存在だ。

「うーんっ！　学校が楽しみだなぁ！」

こうして、私は新しい玩具を見つけた子供のような気持ちになるのであった。

今と昔と初恋のプロローグ

桜も散り終わり、緑が美しく見える五月下旬のこの頃。

見事な快晴が意識を覚醒させ、窓から吹き抜ける心地よい風が俺の肌を優しく撫《な》でる。

こんな日に昼寝でもしたら気持ちいいだろうなぁ、と思いつつ俺は上半身を起こし横目で外の景色を眺めていた。

柊《ひいらぎ》とのデートも終わり、嬉《うれ》しくもない登校日。

時計を見れば、時刻は登校時間二十分前だった。

（……いけるか？）

俺はもう一度、微睡しか与えない睡魔に身を任せることはできるのだろうか？

三分……いや、五分だけでも寝させてくれればギリギリ間に合うと思う。だけど、朝食は一日の活力――寝てしまえば、朝食を食べることは不可能に等しい。今だって、食べられるか怪しいラインなのだから。

「うん、寝よう」

遅刻がなんぼのもんじゃい。俺は遅刻をも恐れないジェントルマン。

そうと決まれば、早速布団《ふとん》に潜り込もう。次に目を開ける時は、きっとコンディションはばっちりになっているだろう――

『あれ？　チャイムが鳴らないです……如月《きさらぎ》さ～ん！　朝ですよ～！』

「おぉう……」

布団に潜り込もうとしていると、玄関からご近所迷惑ギリギリの声が聞こえてきた。

快眠のため、玄関チャイムの電池を取り外していたのだが……しまった、大声で呼ぶという手段があったなんて。

このまま無視をして誘われる睡魔に身を任せてもいいのだが……外で自分の名前を叫ばれるのはいかんせん恥ずかしい。

俺は仕方なく体を起こし、寝間着のまま玄関へと向かった。

「おやすみ」

「おはようですよ!?」

玄関を開けると、そこには上の階に住む聖女様の姿があった。朝から眼福とはこのことだろう。

「というか、どうして如月さんはまだ寝間着なのですか!?　もう学校に向かわないと間に合いませんよ!?」

「柊も珍しく遅かったじゃないか。こんなギリギリに来るなんて」

「お寝坊さんしましたっ！」

ドヤァ、と。胸を張って自慢げにする柊。

ドヤ顔で口にするようなことじゃないのだが……まぁ、可愛《かわい》いからいいだろう。

「とりあえず、中に入れよ。外で待ってるのもアレだろ？」

「分かりました！　でも、早く着替えてくださいね？」

「ふむ……それは、柊の前で着替えろということか？」

「だ、脱衣所で着替えてくださいっ！」

顔を真っ赤に染める柊が可愛い。こういった発言で恥ずかしがっているあたり、純真無《む》
垢《く》という言葉が浮かび上がる。

とりあえず柊を部屋に招き入れ、クローゼットにある制服に手を伸ばす。

……着替えるのはいいけど、何か忘れているような――――そっか、朝ご飯だ。

「柊、朝ご飯食べるか？」

「食べますっ！」

朝ご飯は一日の活力。それが分かっているからこそ、柊は嬉しそうに賛同してくれたのだろう。

そうと決まれば、早速朝食の準備だ。

「せっかく来たし、柊も一緒に作るか。たまには凝ったオシャレな朝食にでもしようじゃないか」

「分かりましたっ！　エプロン着けておきます！」

柊は立ち上がり、トテトテとキッチンに向かっていく。

「んじゃ、俺は顔洗ってくるから。少しだけ待っててくれ」

「ちゃんと洗ったあとはタオルで拭くんですよ？」

「お前は俺のお袋か」

俺は少しだけ柊に待つように言うと、とりあえず洗面所で顔を洗う。

（それにしても気付いているのだろうか？）

柊は料理を覚えたい。更に、あの反応から寝坊してしまい朝食を食べられなかったと見た。

となれば、朝食を食べる&作ると言われて断らないはずがない。

しかし――

（普通に遅刻コースだぞ？）

まぁ、気が付かないならそれでいい。

柊との朝を、ゆっくり堪能《たんのう》しようじゃないか。

◆◆◆

「も、もうっ！　如月さんのせいで遅刻してしまったじゃないですかっ！」

「それは責任転嫁《てんか》ってやつだ。柊も朝食食べたいって言って食べたし……朝食スフレ、美味《うま》かったろ？」

「うっ……！　それはそうなんですけどぉ」

とりあえず、優雅に団欒《だんらん》しながら朝食を作ったり食べていたりした俺達は、数時間も遅れて学校へとやって来た。

当然、俺達の手には反省文が握り締められており、柊はそれを見て少ししょんぼりとしていた。なんかごめんね？

「私、初めて反省文をもらってしまいました」

「反省文をもらったからって言ってそんなに気に病む必要はないと思うぞ？　人間、誰しも一度は失敗をするもんだ」

「失敗は成功の基と言いますが……遅刻でその教訓を噛《か》み締めるのは嫌です……」

教室へ入った時は、授業終わりの小休憩。

柊がまさか遅刻をしたというのと、隣に俺がいるという現象のせいか、ヒソヒソとした話し声が聞こえ、色々と入り混じった視線が浴びせられる。

……しまった、普通に忘れて一緒に来てしまった。

「あ、遅かったね真中《まなか》」

「…………」

俺達がやって来たことをさして気にもしない颯太《そうた》が挨拶をする。

藤堂《とうどう》は……どうして無言で睨《にら》んでくるの？

「おう」

「どうしたの？　最近遅刻しなくなったと思ったら、遅刻しちゃって」

「……あぁ、ちょっと柊のせいで」

「私悪くありませんよね⁉」

「一緒に朝ご飯を食べたじゃないか⁉」

「一緒に作りもしましたけどねっ！」

もはや互いに戦犯じゃん。一方的に罪をなすりつけるのはよくないと思う。

「……ちょっと」

「ん？」

俺が責任転嫁したことに心の中で反省していると、不意に先程までずっと黙りこくって睨んでいた藤堂に話しかけられた。

……どうしてこいつは不機嫌なんだろうか？　もしかして、あの日なのかね（ごめんなさい）？

「今日、朝あの女が来たわ」

「あの女？」

はて？　あの女って誰のことだ？

せめて固有名詞はちゃんと言ってほしい。

「そういえば、今日朝のホームルームが始まる前に、神無月《かんなづき》さんが来たんだよ」

「か、神無月……!?」

俺はその名前が出た瞬間、驚きのあまり一歩後ろに下がってしまう。

「そうそう、真中に会いに来たらしいよ」

……どうして、今ここで神無月がやって来た？

というよりも、何故《なぜ》神無月は俺に会いに来たのか？

しかし、俺は頭がパニックを起こすと同時に、どこか嬉しいと思ってしまった。

未《ま》だ好きなあの子が、俺に会いに来てくれた。

どんな理由かは分からない。それでも、その事実があるだけで喜んでしまう俺がいる。

「じゃ、じゃあ今からでも何の用事か確かめに――」

「待ちなさい！」

藤堂の手が俺の腕を摑《つか》む。

「どうした、藤堂？」

「ダメよ」

「……何を言ってるんだお前は？」

「絶対に、あの女と関わっちゃダメだから」

そう訴えている藤堂の顔は、どこか必死に見えた。

一体、藤堂と神無月の間に何があったのか？

今の藤堂は――何故か怖い。

「お、おう……」

俺は藤堂の気迫に押され、思わず頷《うなず》いてしまう。

すると、藤堂は摑んだ手を離し再び席へと戻った。

俺がいない間に、初恋相手がやって来た。

そして、何故か藤堂は俺が初恋相手と関わるのを嫌っている。

ううむ……分からん。

◆◆◆

……藤堂から無言の圧を感じる。

現在数学の授業中。窓側の真ん中に座っている俺は背中越しから伝わる無言の圧に、背筋をゾクゾクさせていた。

藤堂の席は俺の真後ろにあり、颯太は右隣、柊は反対側の後ろという配置になっている。

だからこそ、至近距離から浴びせられる無言の圧力はヒシヒシと伝わってきていた。

何故、彼女はこんなにも圧力をかけてきているのか？

きっと、さっきの話の続きだろう。

（かといって、なんで藤堂が神無月に近づけさせたくないのかが謎なんだよなぁ……）

神無月と藤堂って接点あったっけ？

中学時代に同じクラスになっていた、ということは分かっているのだが……謎だ。

しかし、藤堂が本気で近づけさせたくないのは背中越しから伝わる圧力で分かる。

しょ、正直……何で会いに来たのか気になる……がっ！　藤堂なりに何か理由があるのだろう。ここは大人しく従った方がよさそうだ。
だって、さっきから後ろを振り向きたくないんだもん。怖くて。
「じゃあ、このプリントを後ろに回してくれ〜」
(よりにもよってこんな時に！)
これでは後ろを振り向かなければいけないじゃないか！
分からないかなぁ？　先生、今俺が後ろを振り向きたくないって分からないの？
(……はぁ、仕方ない)
ここは颯太越しにプリントを渡していくしかないようだ。

◆◆◆

(※深雪《みゆき》視点)

(くそっ…ぬかったわ！)
私は一人自分の席で頭を悩ませる。
まさか、あの女が直接接触してくるなんて。
ステラとの交際疑惑が流れた時に一緒に会っていた……その時に気付けばよかった！

あの時はあの女がまだ付き合っているという話を聞いていたし、他の男子達何人かと仲よさげだったから、如月から興味が削《そ》がれていたと思ってあまり警戒してなかったけど。

今回はまったくもって予想していなかったわ。

あの女のことだから、きっと「今までの男は飽きてきたから如月に乗り換えよう！」って思って接触してきたに違いない。

中学の時に聞いたあの言葉――

『如月くん？　あぁ、あの好き好きって感情が駄々洩《も》れの男の子だっけ？　面白いよね～、絶対に好きにならないのに必死にアピールしてくるんだよ？　うん、可愛《かわい》いよね♪』

本気で殺そうと思ったわ。

私の恩人の気持ちを弄んだあげく、笑いものにするなんて。

その時はすぐにあいつがフラれたって自覚したから何もしなかったけど……。

今思えば、感情に任せて殺《や》っておけばよかったわ。トラウマを植え付けるぐらいに。

けど、それも時すでに遅し。

今、あの女に手を出したら確実にまずい。

聞けば、この学年ではあの女の人気はかなり高いものとなっている。

もしかしたら、また変な噂《うわさ》が流れないとも限らない。

私だけだったらまだいいけど、颯太やステラに被害が及ぶ可能性がある。

だからこそ、今こうして直接あいつに接触されたら私は何もできない。せいぜい、如月があの女と接触しないように監視するだけ。

それでも、多分いつかは接触するだろう。

未《いま》だに、如月はあの女のことが好きなはず。

もし、あいつがあの女の本性を知ってしまったら？　……きっと、かなりのショックを受けるに違いない。

仮に知ることがなくても、結局は弄ばれるだけ。

（どっちに転んでも最悪……ッ！）

接触された時点で、あいつは必ず傷ついてしまう。

だから、せめて私にできることはあいつがあの女に接触しないように監視すること。

私は己の目標を定め、正面に座る如月を無言で見続けた。

◆◆◆

（※ステラ視点）

「……はぁ」

私は自分の席で一人溜《た》め息をつきます。

授業は真面目に受けなければいけないというのに、私の気分は少し重いです。

(神無月さんって、確か以前如月さんと楽し気に話していた……)

如月さんと私が……そ、その……お付き合いを、しているという噂が流れたあの日。

放課後の人気のいない教室で仲睦《なかむつ》まじそうに話していたあの女性。

その人が今日の朝、如月さんに会いに来たらしいのです。

理由は分かりません。深雪さんが教えてくれなかったですし。

何の用だったのでしょう？

も、もしかしたら……わ、私のライバルなのでしょうか⁉　た、確かに……あの時の二人はかなり楽しそうに話していましたし——

(ど、どどどうしましょう⁉)

私、恋心を自覚してからすぐにライバルが登場するなんて思いませんでした！

早くないですか⁉　恋って、こんなにも思うようにいかないものなのでしょうか⁉

(せっかく、これから如月さんに好きになってもらえるようアピールをしようと思っていたのに……)

あの女性はとても綺麗《きれい》な人でした。

もしかしたら、如月さんもあのような女性の方が好きなのかもしれないです……。

そう考えると、一気に気持ちが沈んでいくのを感じます。

で、ですが！　まだ如月さんがあの人を好きかどうか分かりません！　諦めるのはまだ早いですよ私！

私は顔を上げ、己の気持ちを鼓舞します。

そうです！　これからですよこれから！　ライバルが一人増えたからって何です！

この前、テレビでは『略奪愛こそ正義！』って言っていました！

もし仮にお二人がお付き合いしたとしても、そこから奪ってしまえばいいのです！

……でも、やっぱり略奪はちょっとダメな気がします。

人としてどうかと思うのですが、よくテレビでこんなこと言ってましたね。

と、ともかくっ！　諦めるのはまだ早いです！　たとえ、あの人がライバルだったとしても負ける気はありません！

だって、私はこんなにも如月さんが好きなんですから！

「いつか……絶対に『スキ』って言ってみせますっ！」

あとがき

初めまして、楓原《かえではら》こうたです。この度は『英国《えいこく》カノジョは〝らぶゆー〟じゃなくてスキと言《い》いたい』をご購入していただき、誠にありがとうございます。

デビュー作はファンタジー作品も書かせていただいたのですが、カクヨム投稿時代からラブコメばかり書いていたので、今作は嬉《うれ》しく思いました。楽しかったです。柊《ひいらぎ》、可愛《かわい》かったです。

さて、カクヨムから拙作を読んでいただいた方は驚かれたと思います——あれ？　原型どこ行った？　と。当然です、作者も驚きです。掠《かす》ってすらいないです。

ですが、これには深い理由が……理由が……り、理由が……ありません……ッ！

単純に担当編集様と話し合った結果「こっちの方が面白い！」ということになったからです。

担当編集様、悶絶《もんぜつ》するような素敵なイラストを描いてくださった花ケ田《はながた》先生、それとご購入していただいた読者の皆様——ありがとうございました。

拙作がこうして本になれたのも、関係者や読者の皆様がいてこそです。不束者《ふつつかもの》ですが、これからもどうか宜《よろ》しくお願いいたします。

また「どうせあの人達はここまでは目が届かないだろう」と思い、書かせていただきます。

一年前、小説を書き始めてから仲良くしてくださったA先生、K先生、Aさん、本当にありがとうございました。この場をお借りしてでも、ぜひ伝えたいくらい深く感謝しております。

短かったですが、また二巻でお会いできることを、心より願っております。

富士見ファンタジア文庫

英国《えいこく》カノジョは“らぶゆー”
じゃなくてスキと言《い》いたい

令和３年８月20日　初版発行

著者――楓原《かえではら》こうた

発行者――青柳昌行
発　行――株式会社KADOKAWA
〒102-8177
東京都千代田区富士見2-13-3
0570-002-301（ナビダイヤル）
印刷所――株式会社暁印刷
製本所――本間製本株式会社

ISBN978-4-04-074250-2 C0193　◇◇◇

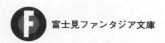